대한창작문예대학 졸업 작품집

詩 길을 가다

시음사
시사랑음악사랑

대한창작문예대학 지도 교수 명단

김락호 지도 교수
- (사)창작문학예술인협의회 이사장
- 대한창작문예대학 설립자
- 시인, 소설가, 수필가, 평론가

문철호 지도 교수
- 대한창작문예대학
- 시창작과 교수
- 시인
- 문학 박사

박영애 지도 교수
- (사)창작문학예술인협의회 부이사장
- 대한창작문예대학 시창작과 교수
- 대한시낭송가협회 회장
- 시인, 시낭송가, MC

김혜정 지도 교수
- (사)창작문학예술인협의회 부이사장
- 대한창작문예대학 시창작과 교수
- 시인, 시낭송가

공부하는 문인의 작품은 후대에 남는다.

요즘 들어 문학을 한다는 사람들을 자주 볼 수 있다. 이는 그만큼 생활의 수준이 높아져서일 수 있고, 그만큼 정서가 메말라 버려서 서정적인 사상을 꿈꾸는 사람이 많아져서 일수도 있다. 변변한 작품도 없고, 특별한 문학 활동도 하지 않으면서 문학인임을 자처하는 사람을 가리켜 구비문학(口碑文學)을 하는 사람이라고 한다. 예술을 한다는 것 여러 가지의 문제들이 있겠지만, 그중에서도 물질만능의 시대에 걸맞게 금전적인 것이 가장 큰 비중을 차지할 것이다. 문학을 한다는 것이 실력도 있어야 하고 그만큼의 배경도 필요할 것이다. 묵묵히 멋진 작품을 집필하면서 좋은 문우들과 함께 작품 활동을 하는 문인들이 있어 행복하다.

책을 발행하면서 가장 많이 느끼는 점은 우리 문인들이 공부하자는 이야기를 하고 싶다. 물론 저자 역시도 오탈자에서는 자유롭지가 못하다 시대적 배경도 있지만, 습관적인 것이 더 문제일 수도 있다. 이런 기초적인 문법 공부도 중요하지만, 시인으로서 알아야 기본적인 것을 모르고 시작을 하는 시인이 많은 것 또한 현실이다. "대한창작문예대"에서는 기존 시인으로 정식 등단한 시인이 모여 공부하는 곳이다. 작품이 나빠서나 시를 못 써서가 아니라 시다운 詩, 한 작품을 세상에 내놓아도 부끄럽지 않을 작품을 선보이기 위함이다. 카카오톡이나 밴드, SNS 등에서 무분별하게 쏟아지는 글이 아니라 詩다운 詩를 쓸 수 있도록 서로 공부하는 곳이다.

"대한창작문예대학"을 졸업하는 학우님들께 진심으로 축하드리며, 시의 기본적인 작법과 시인으로서 알아야 할 지식을 습득한 시인들이 같은 주제를 가지고 집필한 독특한 표현법을 한 권의 책에서 감상할 수 있는 2018 "대한창작문예대" 졸업 작품집을 독자와 함께 할 수 있어 기쁜 마음으로 추천한다.

대한창작문예대학 지도 교수 **김락호**

▶김락호 지도 교수 강의 (2강의실)

▶문철호 지도 교수 강의 (2강의실)

▶박영애 지도 교수 강의 (2강의실)

▶대한창작문예대학 제8기 2강의실 기념사진

▶대한창작문예대학 제8기 2강의실 기념사진

▶졸업 작품 경연대회 (야외수업)

▶박영애 지도 교수 강의 (2강의실)

▶김락호 지도 교수 강의 (2강의실)

* 목차 *

♣ 목차

시인
김국현

울산 거주
대한문학세계 시 부문 등단
(사)창작문학예술인협의회 회원
대한문인협회 울산지회 정회원

대한창작문예대학 제8기 졸업
제8기 대한창작문예대학 졸업 작품 경연대회 장려상
2018년 문예창작지도자 자격 취득

찬물내기 / 김국현

이정표와 장승이 기다리는 곳에
엿장수 고함소리에 수정처럼 맑은 샘물이
펑펑 솟아올라 강으로 흘러간다

보리타작을 끝낸 농부는
달빛 비춰든 바가지 물로 검불 씻고
소쿠리에 담긴 삶은 감자로 허기를 달랜다

저 멀리 빨래터에서 들려오는
아낙네들의 수다에 안개꽃이 피어나고
간고등어 새끼줄에 엮어 맨
농부의 타들어가는 입술에
아낙네들은 생수로 길손맞이 바쁘다

삼복더위 반딧불로 길 밝히고
복숭아 향기 맡으며 멱 감았던 그곳에는
사랑의 추억이 그리움으로 흐른다

쉬지 않고 달려온 세월 앞에
어느 새 해는 서산에 기울고
연기구름 잿빛으로 하늘을 덮어
말없이 떠나간 그 자리
독감 걸린 회색 물이 쓸쓸히 흐르고 있다

양파 / 김국현

낙엽 질 때쯤 뿌리내려
햇살 받고 숨죽이며 겨울 보내고
봄바람 불어오면
생명의 아우성으로 일어나
다래 넝쿨 무성할 때
영글대로 영글어 수확했다

노란 모시적삼 벗고
풍만한 속살로 유혹하는 나는
탐스럽고 화려한 옷으로 둘러싸여
또 다른 삶을 겹겹이 둘러치고 있다

얼마나 벗겨야 속이 드러날까
뿌리 잘라 한 겹 한 겹 아무리 벗겨 본들
겉과 속이 한결같은 나는
파란 씨눈의 젖줄 되어 세상에 우뚝 서 있다

삶의 짐 / 김국현

푸른 하늘 날개 치며 오르고
맑은 물가로 흘러갈수록
수많은 사랑과 행복의 유혹이
욕망의 숲에서 거짓과 위선으로 인도한다

속절없이 걸어온 세월 앞에서
내려놓고 비우며 비탈진 길을
오늘도 발걸음을 옮겨보지만
어느새 곁에 와 머무는 유혹이다

가장 사랑하고 소중한 것을
간직하지 못한 까닭으로
내 속에 있는 것을 흰 창호지에
두렵고 떨리는 심정으로 끄집어내 보니
썩은 냄새가 진동한다

살아가면서 수많은 시련에도
이웃의 고통을 함께 나누며
작은 것에도 만족하고 감사하면서
뚜벅뚜벅 걸어간다

거기 누가 없소? / 김국현

홀로 있다고 가벼이 말고
약하다고 업신여기지 마시오
호랑이 젖줄인 생명을
누가 사망으로 몰아간다는 말이요

비바람 몰아치고 노도와 같은 고난에도
이 땅을 지키는 보람으로
반만년 찬란한 백의민족인 나에게
어찌 그리 무모한 행동을 하시오

빼앗긴 나라를 되찾기 위해
피 흘린 의사들의 영혼과
죽어서 바다에 묻혀 나라를 지키시는
문무대왕 님의 혼령인들 가만 계시겠소

하늘과 땅이 알고 있는 것을
틈만 나면 우리 것이라 우기는 당신들은
윤리가 무엇인지 알면서 그리하오

여보시오!
거기 누가 없소?
기가 차고 숨이 막힐 것 같아 미치겠소
난 신라 시대부터 지금까지 동해를 지키던
우산도였소

막차를 기다리며 / 김국현

형광등이 실날같이 비치는
어느 대합실 구석진 곳에서
꾸벅꾸벅 졸고 있는 한 신사의 모습이
고장 난 기계처럼 초라하다

거미줄이 포승줄로 엮인 구석진 벽에서
낡은 시계의 째깍거리는 소리는
하루의 고단함에 지친 사람들의
힘겨운 삶이 전하는 한숨처럼 들린다

어느덧 시간은 흐르고
말없이 침묵하는 이들을 위로하듯
플랫폼으로 들어오는 막차의 기적 소리에
하나둘 자리를 털고 일어난다

이별을 아쉬워하는 연인들
마주 보는 두 눈 속에는
사랑의 초침이 빠르게 흐르고
집으로 향하는 발걸음도 빨라진다

향기 나는 미소 / 김국현

방방곡곡 양지바른 산에는
수줍어 얼굴 붉히는 소녀들이
울긋불긋 물들이며
옹기종기 모여 앉아 웃고 있다

그 옛날 오솔길에
나무꾼 노랫소리가 그리워
행인들과 다정하게 인사 나누며

겨울 길목에 맺은 몽우리로
차가운 한파 지나는 동안
눈길조차 주지 않던 세상을 향해
향기로운 사랑 편지를 쓴다

그때 그 시절 / 김국현

거울 속에 모닥불 밝히며
사랑을 담아 가는 그릇이었다

스쳐 가는 바람마저
돌탑처럼 쌓아 올리며
꽃으로 피어나
송홧가루 날린 솔 순이 되었다

구석진 곳 앨범 한 장마다
걸어온 흔적 남긴 사진기는
가방 속 벙어리가 되어
산봉우리 걸쳐진 구름만 바라본다

인생의 여백 / 김국현

가슴속에 사랑 씨앗을 뿌리면
온누리에 연초록 싹이 나고
마음에 소망을 간절히 원하면
세상에 향기로운 꽃이 핍니다

먼저 마음을 열고 베풀면
풍요로운 열매가 가득 열리고
불쏘시개 같은 작은 마음이
화톳불처럼 세상을 따뜻하게 합니다

웃음으로 기쁨이 강물처럼 흐르고
베푼 만큼 마음이 넉넉해지며
믿음은 더 큰 믿음을 만들며
세상은 온통 배려의 바다로 출렁입니다

사소한 욕심도 내려놓고
안갯속을 벗어난 길로 나와
남은 인생을 이웃과 함께하며
햇살 가득한 길을 걸어가렵니다

방황 속의 아침 / 김국현

시계 소리가 방 안을 가득 채우고
날아온 꽃가루가 밤을 하얗게 만들어
다 쓰고 버린 치약 튜브처럼
내 삶의 오후가 나른하게 구겨진다

새의 노랫소리 들리는 밭고랑에
한철 지나간 검은 비닐 조각들만
온종일 터져가는 심장을 부여잡고
신열이 올라 몸살을 심하게 앓고 있다

거친 파도 소리에도
만나면 반갑다고 웃어주던
진분홍색 영산홍마저 철이 지나며
초여름 햇볕에 시들시들 몸을 떨고 있다

헐어가는 외진 오두막에서 임 기다리며
파리한 얼굴로 드리는 여인의 간절한 기도는
만선의 깃발 뱃고동 소리에 춤추며
돌아오는 어부의 얼굴이 아침 햇살처럼 밝다

속에 있는 또 다른 나 / 김국현

시시각각 변하는 칠면조로
스러지면 일어나는 오뚝이가 되었다

둥지를 지키기 위해
큰 성이 되어 적으로부터 막아주고
비 오는 날이면 우산이 되고
눈이 오면 장작불로 군불을 지폈다

뙤약볕에 타들어 가는 아스팔트 위를 걸으며
눈보라 휘날리는 겨울도
나약하게 흔들리는 갈대처럼
온종일 거리를 배회하며
먹거리를 찾아 헤매다 어둠이 내리면
검게 타다가 남은 멍든 가슴으로
카멜레온처럼 웃으며 돌아와야 했다

태풍이 스쳐 지나간 언저리에
맑은 하늘 속에 구름이 살아서 춤을 추고
사슴이 물 마시는 푸른 초원으로
안식을 누리며 걸어간다

시인
김금자

♣ **목차**

강원 정선 출신

(현) 경기 성남시 거주

2017 대한문학세계 시 부문 등단

현 (사)창작문학예술인협의회 회원

대한문인협회 경기지회 정회원

2017 대한문학세계 신인문학상 수상

2017.12. 금주의 좋은 시 선정

2018. 5 경기지회 향토문학 글짓기 대회 동상

대한창작문예대학 제8기 졸업

제8기 대한창작문예대학 졸업 작품 경연대회 동상

2018년 문예창작지도자 자격 취득

검정 고무신 / 김금자

아버지 거름 진 지게에 매달려
한숨짓게 하던 아리랑 고개길

복사꽃 피고 지는 산골 화전민
산비탈 내닫는 땀 찬 검정 고무신
미끄러지고 자빠져 벗어든
삶은 비애였다

정선아리랑, 톡 쏘는 화암약수,
신비로운 동굴은 명성을 얻고
허기진 행인들 배를 채워주는
곤드레 비빔밥집은 명소가 되었다

뚝배기 같은 동무들과
송사리 떼 잡던 추억
풀뿌리처럼 자라나
그리움이 엉키듯 멍울이 되고

인생의 어두운 그림자
켜켜이 쌓인 아픔이
눈물로 고여 흘러넘칠 때
헤지고 찢어진 고무신 꿰매어주던
어머니 품 같은 고향이 그립다.

절망과 희망 사이 / 김금자

보릿고개 배곯던 산골 소녀
가난으로 고개를 숙였던
어릴 적 꿈이 되살아난다

배움이란 문턱을 넘지 못하고
어린 나이에 홀로서기 아픔은
겨울 강가에 서 있는 듯한
움츠린 나날이었다

혹한과 억수장마 지는 세월에도
감각이 없는 망부석처럼
다리 한번 펴지 못하고
쪽잠을 자야만 했다

인생의 핑크빛 물감 뿌려준 사월
꿈꾸던 희망은 잠시 머물다 간
봄볕 같다

가슴 후비던 사춘기 방황도 잠시
어엿한 사회의 일원으로 자라준
기특한 삼 남매

굳은살 배긴 손마디에도
가슴에 뿌듯함을 쓸어 담는다

기별도 없이 하루아침에
가장의 슬픈 그림자 드리우고
허허벌판에 남겨진 삼 남매
가슴에 맺힌 눈물 삼키며
꺾인 무릎 세우고 달려온 삶

굴곡진 인생 힘을 내어
삶을 지탱하고 거름이 되는
올곧은 정신과 마음을 일깨워

삶에 지친 이들에게
위로가 되는 은근한 모닥불이 되고 싶다.

줄 없는 손목시계 / 김금자

무너진 삶의 언저리에
손목시계 하나 덩그러니 남아
슬픈 기억 애써 외면하려
장롱 서랍 깊숙이 넣어 두었다

둘이 앉았던 봄볕 자리
헛헛한 웃음만 남긴 채
흑백 사진 속으로 가버린 세월
멈춰버린 시침이 시간의 한 점을 지키고

황당한 마음 추수를 길 없어
불러도 벽으로 부딪혀 돌아오는 빈 그림자뿐
어둠이 깔고 앉은 희망은 보이지 않았다

세월의 무게에 해진 가죽끈 잘라내고
핏빛 얼룩으로 남은 가슴속 사연
봄비에 잔설 녹아내린 시린 냇물에
묵은 때처럼 씻어 버리고

부속품처럼 꼭 필요한
인생의 퍼즐 조각 하나하나 꿰맞추어
명품이 아니어도 명품처럼
멋진 시곗줄로 갈아주고
생명의 태엽을 감아보련다.

언니야, 언니야 / 김금자

말 못 할 고통 어찌 참았을까
아직은 살아볼 만한 청춘인데
왜 이런 일이 일어났는지
무정한 하늘이 원망스럽다

숨기고 참아왔던 고통의 나날들
외롭고 힘들었을 언니야
내 살 한 점 떼어 건강할 수만 있다면
기꺼이 그 고통 함께 나누고 싶다

피는 물보다 진하다는 멍에인지
몹쓸 놈의 병이 우리 자매 우애를
저울질하는 듯한 비애감에
가슴이 멘다

체념하듯 하면서도 한 가닥
희망의 끈을 붙잡고 싶은 울 언니를
하늘아, 어찌하면 좋겠니
자식들 반대에 이내 마음 어찌할까

아프지 말고 행복하게 살자던
굳은 맹세는 다 어디 가고
고통과 희망의 갈림길에 선
멍한 눈동자 쳐다보면 눈물이 난다.

24

소녀의 꿈 / 김금자

나라 사랑하는 곧은 절개
칼로 베고, 총으로 쏜다 해도
없어지지 않을 피 끓는 민족의 혼

만세 부르다 쓰러져간 우리 누이
무명치마저고리에 묻은 붉은 피
아직도 우리 가슴에 울분으로 남아 있다

뉘우침 없는 이웃 나라
낡은 근성과 파렴치한 행각 일삼고
역사를 왜곡시키는 부끄러운 수치는
어디까지 표류하려는지

독도의 다양한 이름처럼
수난의 역사는 소용돌이쳐도
꿋꿋이 지켜가야 할 우리의 영토

윤슬의 바다 밑에 아로새긴 귀한 이름
대대로 물려줄 아름다운 나라
쩌렁쩌렁한 애국의 노래가
동해에 흘러넘친다.

슬픈 두견화 / 김금자

두견화 꽃봉오리 맺힐 때
산 그림자 어슬렁어슬렁 내려오면
소쩍새 울음에 가슴을 헤집는 밤
산고의 진통 끝에 열리는 꽃잎
호롱불 심지처럼
짙붉은 두견화 연정은
오래된 열병처럼 그리움이 돋친다

청사초롱 불 밝혀
수줍은 새색시 시집가는 날
비슬산 자락 꽃불처럼 번진 두견화
북적이는 상춘객 가슴속에
그림과 사진처럼 추억이 되어
한편의 아름다운 영상 시가 된다

예고도 없이 찾아든 꽃샘추위
봄눈 가시 질에 밤새 풀죽은 꽃잎
병색 짙은 언니를 닮은 듯
늙어버린 두견화
아름다운 새봄을 한 아름 안겨주면
시든 꽃잎은 다시 피어나려나
슬프고 아린 봄이 나그네처럼
긴 터널을 터벅터벅 걸어간다.

빛바랜 추억 / 김금자

라일락 향기 짙어가는 계절
지난 추억을 사로잡는 발길에
봄을 시샘하는 바람이 분다

빛바랜 가족사진 속으로
추억 여행을 떠나며
세월의 흐름 속에 흐릿해지고
초점 잃은 두 눈에 이슬이 맺힌다

장식장 안에서 기능을 상실한 듯
한 곳만 응시하는 힘없는 눈동자는
화려했던 전성시대를 그리워하듯 말이 없다

카메라 망원렌즈 안에서
선명하게 비쳐오는 사물처럼
밝은 세상을 볼 수 있는
맑은 혜안을 가졌으면 좋겠다.

새벽의 눈물 / 김금자

수채화 물감처럼 빨강과 초록으로 번져가는 봄
새벽 빗소리가 꽃잎을 깨우듯
아침을 여는 벨 소리에 놀라 눈을 뜬다

병마로 희망을 잃어 가는 흔들리는 눈빛
저녁 어둠보다 짙은 두려움을 보았다

희망이 내 육체 안에 있는 것을 알기에
그 눈길 애써 외면하며 운명이 나를 비껴가기를
심장이 타들어 가듯 원하고 원했다

내 앞에 놓인 삶의 무게가 얼마나 더할지
고통은 어떨지 검사받는 그 날이 두려워
실오라기 같은 믿음 줄 하나 붙잡아 본다

눈뜨면 병원 뛰어가는 시간과
적성검사로 이리저리 끌고 다님에
신음하며 지쳐가는 하루,
맥 풀린 심신을 붙잡아 앉힌 새벽녘

염려와 근심으로 꽉 찼던 마음에 찾아드는 평화
희망의 불 밝혀 감당할 몫이 무엇이든
시도해 볼 담담한 마음을 비집어
사랑으로 써 내려갈
빈칸 몇 줄을 남겨두련다.

젖은 손수건 / 김금자

거칠고 굵은 손마디에 삶이 서리고
눈물 콧물 마를 날 없던 어머니
다문 입술 사이로 새는
고된 신음은 가슴을 울렸다

하얀 웃음 끝엔 벚꽃 지듯
눈물 한 바가지 품은 어머니
굽은 허리에 뒤뚱이는 뒷모습이듯
가는 4월을 사랑으로 껴안아 보며
싱그러운 5월을 맞이한다

겹겹이 포갠 꽃잎처럼 가슴 쓰다듬어
부모님께 감사의 마음 전할 어버이날이
어디 하루뿐인가

은혜의 깊이를 잴 수 없는 감사
너무 넓어 다 헤아릴 수 없는 사랑
붉게 핀 카네이션 한 아름 안겨드리면
웃음꽃 피어나시려나
값을 길 없어 눈물 훔치는 손수건

똥지게보다 무거운 부채 / 김금자

청천벽력 같은 부고
남겨진 빚더미는
내 아버지 거름 내시던
똥지게보다 무겁고
내 어머니 겹겹이 꿰매 입으시던
몸매바지 너덜거리던 가슴 아픈 추억보다
더 무서운 시달림이었다

해진 속옷처럼 내보일 수도 없는
두려움은 화롯불에 기름처럼 타고
도움을 청할 곳 없어
인적 없는 산골짜기를 헤매는 듯한 날들
가슴은 돌담처럼 무너져 내렸다

마른 막대기에 옷 한 벌 걸쳐놓은
허수아비처럼 휘청거리던 인생
까칠하던 삶의 언저리는
가난의 아픔이었다

IMF로 명퇴의 바람이 불 때
일자리 찾아 헤매도 일할 곳이 없고
어린 자식 과자봉지 들려준 날이 언제인지
기억도 없는 보릿고개 같은 허기짐이
거름 더미처럼 어깨를 짓눌렀다

어두운 터널을 지난 듯
빚을 갚은 지금에서야
마음의 부유함 하나 챙긴 기쁨이
가슴 한편에서 나를 안위한다.

♣ 목차

시인
김영주

부산광역시 거주
대한문학세계 시 부문 등단
(사)창작문학예술인협의회 회원
대한문인협회 부산지회 정회원
2017 신인문학상 수상
2018 명인명시 특선시인선 48인 선정

대한창작문예대학 제8기 졸업
제8기 대한창작문예대학 졸업 작품 경연대회 장려상

<詩作>
 등단작 : 내일이 있기에
 낭송작 : 그대를 사랑하겠어라, 하얀 편지
          그대 생각, 소리 없는 그리움 (그 외 다수 作)

햇살 좋은 오늘 같은 나 / 김영주

길을 걷는다
풀 내음이 좋아 멈추는 순간
붉은 내 볼이 귀엽다며 꼬집어대는
어머니의 손길이 그립다

길을 걷는다
늙지 않는 꽃향기가 좋아 발걸음을 멈추는 순간
딸아이가 흰머리 가닥을 뽑아주며
나의 손을 지그시 잡는다

그렇게 걷다 보니
세월은 흘러 주름은 늘었고 발걸음은 느려졌지만
삶의 한 소절 써 내려갈 수 있는 시가 있어
내 얼굴이 햇살 좋은 오늘 같다.

내 고향 부산 / 김영주

햇볕이 내리쬐는 오솔길
구봉산 길 돌아서 오르다가
눈길을 아래로 돌리면
부두길 옆 바다 수평선 가까이
조각배가 떠가고 있다

사람이 오가는 분주한 삶
반짝거리는 푸른 바다의 물결은
보석빛처럼 가슴으로 다가오고
정겨운 뱃고동 소리는
편안한 숨을 내쉬게 하고 있다

기억, 고운 손길로 보듬어 주시던
어머니의 모습이 애틋하게
가족과 앞날을 걱정하시며
바다만 바라보시던 모습이
출렁이는 파도랑 바람결에 스친다

아련한 옛일, 때로는 떠올리지만
내 가슴 한 줄기 피워 오르는
고향의 푸른 바다의 너울에는
내일을 향해 꿈을 키워 보는
나의 그리움이 살포시 쉬고 있다.

마음의 소리 / 김영주

요란하게 울리는 알람 소리와
거울을 보고 웃는 연습을 하면서
분주한 하루를 연다

채깍채깍 돌아가는 초침 소리에
내 마음은 더 빠르고 긴박하게
지하철로 달려가고 있다

삶은 익숙해질 때도 되었건만
분주하게 움직일 때마다
정확하게 가는 시계가 밉다

어쩜 시계가 미운 것이 아니라
여유 없이 하루하루 태엽을 감고 감아
삶을 재촉하는 내 모습이 안타까운 것이다

오늘도 시계 소리를 들으며 삶은 흘러가고
우리의 삶은 내일을 향해
희로애락의 삶의 수를 놓는다.

함께하며 가는 길 / 김영주

꽃잎 떨어질 때면
자연은 메말랐고
삶이 힘이 들 때면 숨 쉼도 어려웠지

자연은 소생의 봄을 기다렸기에
온 세상 희망의 잎을 내밀 듯
긴 시간 공간에서 아픔은 아물었지

긴 기다림에 사는 이유
하늘을 떠받드는
굳은 대지의 의지와 사랑을 보았지

자연을 보며 떠오르는 딸의 맑은 눈망울
슬픔도 힘겨움도
우리 함께 견딜 수 있었지

마음 함께 가는 길은 삶의 이유
기쁨이 샘솟는 날로 감사하며
행복하게 걸어갈 뿐이다.

아름다운 동해 섬 독도 / 김영주

하늘과 같은 빛의 동해 넓은 바다에서
언제나 너는 우리를 반긴다.
한 치 앞도 볼 수 없는 어둠이라도
등대처럼 길잡이로 다가온 정겨운 너

오랜 세월을 한자리 우뚝 지키며
모진 풍파 견디고 이겨내면서
우리 민족 모든 이가 좋아했고
지금의 나와 후손들도 좋아한단다.

지리적으로나, 역사적으로
너는 우리와 같은 영혼을 담고 있는데
왜인은 예전에 강치를 빼앗아 가더니
지금은 탐욕으로 너를 탐하려 한다.

아름다운 하얀빛 괭이갈매기 날고
왕호장근, 소리쟁이, 괭이밥이 자라는
동도와 서도가 서로 마주한 아름다운 섬
우리는 바닷바람에도 삽살개와 뛰어논다.

☆ 왕호장근, 소리쟁이, 괭이밥 ~ 독도에서 자생하는 식물
(왕호장근은 예전에 구황작물로 먹기도 했다는 나물)

나와 진달래의 마음 / 김영주

붉은 보랏빛 꽃 줄줄이 엮어서
오시는 임의 목에 걸어드릴까
한아름 꺾어 만든 꽃다발로
임 오시는 길목에 만들어 놓을까

봄 향기 그윽하게 느끼며
사뿐사뿐 걸어오실 길목에서
내 마음에 채운 사랑도 잠시 주춤
진달래를 보며 생각에 잠긴다

잎보다 먼저 가지에서 나온
붉은 보랏빛 꽃이 놀라는 표정으로
"꺾지는 마! 꺾지는 마!"
스치는 바람에 꽃잎이 흔들린다

봄바람에 붉은 보랏빛 꽃잎이 떨고 있다
내 마음을 읽고 겁에 질렸나 보다
가까이 다가가 '미안하다. 미안해!'
나는 위로의 말을 건넨다.

고마운 너 / 김영주

한 많은 세월 속 어처구니없는 일
영혼들은 차가운 바닷속에 아픔을 묻고
밤하늘의 수많은 별이 되어 은하수처럼
흐르는 물살 위에 윤슬로 반짝인다

어떤 슬픔과도 견줄 수 없는 일
사랑한다는 말 한마디 제대로 못하고
무섭다고, 살려달라고 외치는 절규
생이별은 한이 되고 하늘의 별이 되었다

아직 놀기도 하고, 할 일도 많고
투정도 부리고, 인생도 배워야 하는데
하늘만큼 큰 꿈을 채우지 못한 체
눈물 흘리며 슬픈 별로 반짝 빛난다

바닷속에도 물고기처럼 두 눈을 뜨고
진흙 속에서 진실을 꼭 쥔 네가 나타나
바람처럼 우는 영혼들의 한 맺힌 절규
은하수처럼 흐르는 눈물을 닦아준다.

마음 공간의 숨소리 / 김영주

숨 가쁜 일정으로 지친 힘겨움이
삶의 공간에 쓰러질 듯한 느낌으로
마음 가득 채워지는 날

지탱하려는 온몸의 구석구석
무거움이 가중되어 아픔이 되고
마음의 파고들어 눈시울을 적신다

마음의 공간에 잠시 짐을 내려
가득 채우려는 욕망의 것에서
마음의 여백을 만들어 자연을 둘러보자

자연의 싱그러움이 아픔을 달래주며
화사한 햇살과 바람과 숲의 기운이
고운 숨길로 나의 거친 숨결을 잡아준다.

싱그러운 아침 / 김영주

울타리 활짝 핀 장미의 미소가
정겨움으로 다가서며
푸른 잔디 위 클로버 하얀 꽃이
행운에 느낌으로 다가섭니다

오솔길에 마주친 얼굴들에
미소 핀 모습이 너무나 곱게도
햇살 아래 푸른 나뭇잎 찰랑거리며
설레는 마음으로 다가섭니다

아카시아 짙은 향기 질레 꽃이
더욱 정답게 인사를 하고서
파란 하늘 아래 황금빛 햇살이
희망을 비춰 보이며 다가섭니다.

울먹이던 날의 추억 / 김영주

학창 시절과 함께
강물처럼 흐르는 유수 같은 세월
저만치 기억을 몰고 다가온 불빛은
안갯속처럼 피어오르고

한 치 앞도 뿌옇게 흐려진 길
가난 때문에 우등생이 되고 싶었고
장학생이 되고 싶었지만 매일 배달 다니며
숨이 차 헐떡이며 눈시울을 적셔야 했다

디디고 일어설 지팡이가 없어서
육성회비에 초라한 몰골이 되어
삶의 나동그라진 그림자
그 작은 어깨에 울먹임이 안타까웠다

텅 빈 집으로 오가는 길
마음은 다 뽑힌 밭에 농작물처럼
조각조각 이리저리 흩어지고
진서리 치는 가난은 가슴 에이게 했다

중년이 되어 바라보는 삶의 징검다리는
바람과 함께 스쳐 가는 기억 속에
멀리 보이는 창 넘어
그 시절의 모든 삶의 버팀목이 서 있다.

시인
김재덕

전남 신안군 지도 출신
(현)부산 거주
대한문학세계 시 부문 등단
(사)창작문학예술인협의회 회원
대한문인협회 부산지회 정회원

대한창작문예대학 제8기 졸업
제8기 대한창작문예대학 졸업 작품 경연대회 장려상
2018년 문예창작지도자 자격 취득
2017. 07. 3주 좋은 시 선정
2017. 11. 1주 금주의 시 선정
2018. 04. 1주 좋은 시 선정
(공저) 문학 어울림 동인 시집

갈대의 마음 / 김재덕

갈대는
살랑거리던 바람에는 웃었고
폭풍우에는 굽신거리며 고개 숙였다

그리 흔들며 춤추고 싶었을까
아니, 세파에 시달리고 괴로워
더는 흔들지 말라며
참아야만 했던 화를 감당치 못해
몸으로 흐느끼는 거다

할퀴고 흔들어도
잠시 휠지언정 흐트러짐 없는
묵묵한 절개에
아,
우는 것은 바람이었다

꼿꼿하면서 유연한 여유로
어둑한 그림자가 싫어
세상 이치에 순응하는 듯한 갈대는
어릿광대의 초월한 삶이었다

희망을 품자 / 김재덕

궁핍한 언어들이 기웃거리는 세상
맥빠진 투정 섞인 목소리 사이로
숨길 수 없는 빈곤이 스며든다

주머니 속의 허기짐 따라
쌀밥이 고개를 쳐들지만
굶주림의 딴지에 배고픈
그 서러움은 우물처럼 샘솟는다

장발장처럼 잘못된 순간의 선택으로
울타리에 갇혀야만 했던
행복과 불행 길목에서
기회를 엿보는 수많은 눈동자
그들의 비웃음 속에 무너져내린 자존감의
모래성은 쓰러져만 간다

가졌다고 갑질 하지 말라
가난할지언정 기죽지도 말자
태양을 바라본 만큼
밝은 빛은 네 품에 안길 것이다

시집 보내던 날 / 김재덕

행복에 겨운 너의 미소는
서로 맞잡은 손끝으로 전해지고
시간을 거슬러 가슴 아린 아비는
그날의 기억 속에 머문다

까마득히 잊고 지냈던
레드카펫 위의 풍경
떨리는 손바닥 흥건히 적시며
가슴으로 우시던 당신의 심정은
이 마음이었으리라

서로의 가슴에 별과 달이 되어
흐르는 세월에 삶이 힘겨워도
마음이 하나가 되어 행복하기만을 비손하며
눈동자에 맺힌 이슬을 꿀꺽 삼켜본다

따뜻한 동행으로 웃음 그칠 날 없이
사랑 꽃피우고 열매를 맺어
돌보다 굳은 의지를 품고
곱고도 예쁘게 살아갔으면 좋겠다

내 인생의 그림 / 김재덕

젊은 혈기로 앞만 보고 달린 인생
어느 날 문득 정지된 공간에서
역동이 꿈틀대는 화면으로 이동한
엷고 강렬한 고민의 빛깔이
몸부림치던 흐느낌의 영원한 음률로
원시적 신비가 흐르는 여백의 미를 그린다

절망 끝에 선 희망의 빛을 향해
끊임없이 재촉하며 삶의 궤적을 이탈한
희미한 그림자 쫓아 무한궤도를 걷는
혼미한 정신의 세계가
흐릿한 여백 위에 투명한 물감을 뿌려
허허로운 마음의 뿌리를 내린다

무(無)의 공간 안에서
유(有)의 세계를 백지 위에 새기듯
춤추며 노래하며 무거운 짐 내려놓았다

지켜본 기억 / 김재덕

울 수조차도 없이
지켜봐야 하는
아픔만이 남아있고

피어보지 못한 봉오리
떨어진 그들의 꿈
망망대해에 심었다

간절했던 그 마음은
천 갈래 만 갈래 찢어지며
수중고혼으로 울부짖으며

안으로 삼킬 수밖에 없어
차마 떠나지 못한 영혼
렌즈에 고스란히 박혔다

새까맣게 멍든 하늘
애달픈 거품을 토해내는 바다를
내 안의 세상에 담고 싶지 않았다

진실만을 그대로 담아
영원히 전할 진실
아수라를 그 눈에 새긴다

소풍 가는 길 / 김재덕

하늘도 슬픔에 겨워
몸부림치며 인도하는 길
비바람에 공중부양하는 종이꽃
영혼을 따를 때 가슴이 울었다

온 산 뒤덮은 두견화 붉은 울음 울고
비통함을 이기지 못해
꿇어 엎드린 무릎과 억누른 감정은
쓰러지고 꺾이었다

자네도 곧 나를 따를걸세
남편의 뜻을 따라서 간 연분홍 사랑
하늘이 울고 두견새도 울던 날
서러운 소풍 길에 오른다

봄이면 어김없이 흐드러지게 찾아와
목놓아 부르는 망부가
봉분 곁에 핀 두견화를 보며
그날의 기억을 수놓는다

영원한 불꽃 / 김재덕

찬란하게 떠오른 붉은 태양이
외로움에 몸부림치는
자그마한 바위섬을
포근히 감싸 안으며 위무한다

세찬 비바람 몰아쳐도
꿋꿋이 버티며 영원한 사랑을
백의민족 가슴에 심어놓고
행복한 기운을 북돋는다

윤슬의 바다를 나르는 갈매기 눈빛
파닥이는 은빛을 낚아채고
철썩철썩 때리는 파도가
민족의 혼을 일깨운다

홀로 아리랑처럼
슬프고도 가슴 아린 사연을 품은
이 아름답고 한 많은 우리 강산을
어찌 잊을까?

행복한 나의 길 / 김재덕

바람과 구름이 동무하고
행복을 그리며 가는 길 위에
하나 아닌 둘의 의미를 새기며
두리둥실 예쁘게 흘러간다

철길의 평행선은 다툼이 없는
배려와 사랑, 질서를 배우고
여행자의 길잡이로서 목적지까지
기꺼이 발이 되어 행복을 안긴다

더불어 산다는 것,
평화를 사랑하는 생을 위해
곧은 마음 고운 발걸음은
우리가 갖춰야 할 마음가짐이다

쉼 없이 가는 세월에
믿음 속 함께할 사랑이 머문다면
가슴 떨리게 소망했던
행복한 나의 인생길이다

인생 / 김재덕

나
태어나기 전부터 달렸을 시곗바늘
세상과 만나는 그 순간에도
쉼 없이 흘렀으리라

삶
때 되면 밥을 먹고 힘을 내듯이
문명의 에너지를 먹고 쉼 없이
동그라미 그리는 세상과 닮았다

운명
우주 속에 사는
나약한 나를 우롱이라도 하듯
시계는 멈춤이 없다

세월
돌고 돌아 헐거워진 태엽처럼
굴곡진 인생길의 지친 발걸음은
희망의 고갯길 끝자락을 걷고 있다

아!
명품만 찾는 세상에서도
품격을 잃지 않는 괘종시계가
세상 이치에 순응하라는 듯 일깨운다

그리운 지도(智島) / 김재덕

넘실대는 푸른 물결 위로
살포시 물새 떼 지어 날 때
청운의 꿈 활짝 펴던 소년은
앨버트로스 바람에 몸 맡기듯
희망 찾아 둥지를 떴다

방파제 무너질라, 비바람 원망하며
문명의 뒤안길, 오직 자연에 기댄 삶
헐벗고 굶주린 세월 몇 해던가
호롱불 아래서 미래의 희망 밝힌
아픈 사연과 추억이 서려 있는 곳

인정이 파도처럼 넘치던 섬마을에서
자식을 위해 정화수에 비손하시던 어머니
짐짓 등 돌려 원을 새기시던 아버지
양지바른 언덕에 둥근 지붕 얹고 누워서
등댓불 밝혀 고향을 지키신다

지도(智島)로 향하는 그리움
까만 밤 물결 따라 깊어만 가고
눈가에 맺힌 진주 같은 이슬
벽옥두에 모아 부모님 숨결 찾아
떠나던 그 날을 되짚어간다

벽옥두: 이슬을 담는 연잎을 지칭하여 표현함

♣ 목차

시인
김철수

경기 남양주 거주
2017 대한문학세계 시 부문 등단
(사)창작문학예술인협의회 회원
대한문인협회 경기지회 정회원
(시와 글) 텃밭 문학회 정회원

<경력/공저>
2017 대한문인협회 신인문학상
대한창작문예대학 제8기 졸업
제8기 대한창작문예대학 졸업 작품 경연대회 은상
2018년 문예창작지도자 자격 취득

문학 어울림 '어울림' 외 다수

시인의 길 / 김철수

나의 시는 곧 사막의 시작이며
편안함보다 고난이
구도자가 가는 먼 길입니다

갈증에 시달려 태양을 원망하거나
추운 밤하늘 수 놓은 별빛 매력에
포기할 수도 없는 길입니다

홀로 찾아 나서는 낯선 오아시스
쓰디쓴 풀잎마저 되씹어 맛보는
열정의 시간 속에 최선의 순간이라

고행은 스스로 자처해 시작한 일
차마 발걸음 멈추기 힘들고
돌아서기에는 미련이 생길 겁니다

구부러진 등 위에 무게 한가득히
오로지 북극성 방향키 삼아
모래폭풍 맞서 걷는 낙타처럼

진정 시인이고자 몸부림치는 여정
붓 머리 질끈 곧추세워
오늘도 이 길 묵묵히 걸어갑니다.

그립다 잊을까 / 김철수

생의 시작 이전 혼(魂)이었다면
우주 한 바퀴 지구를 돌아
아마도 이곳에 안착했으리라

이 땅은 따스하게 맞이하여
나를 잉태하고 삶의 시작
꿈이 자라 커가는 무대가 되었다

앞산 그네 띄운 큰 소나무
가지는 축 늘어져 생채기 품고
숨바꼭질 몸 가린 장독대
외 그림자만 길게 우두커니 서 있다

마냥 높았던 언덕 위 계단
세월의 흔적 넘어 훌쩍 뛰어오르니
꼬리 흔들어 치며 반기던 백구
기약 없는 미련이 마음 안에 짖는다

지천명 회한 길 두고 온 동심
아련한 정 그리운 추억아
내 고향 집 손짓하는 굴뚝 연기
희미해진다 해도 꿈인들 잊을까.

내 심장 소리 / 김철수

수많은 관계가 얽히고설켜
인연이 세심하게 물리고
씨줄과 날줄 짝 이루어
열두 간지에 의미를 수놓아
한 치 오차 없이 옷감을 짜낸다

오로지 때를 알려야 한다는
단순한 사명 고뇌를 다 하고자
손에 손 부단하게
거슬러 오르지 못하는 강물처럼
유유히 흘러 멀어져만 간다

바람결에 나뭇잎 파르르 떨다
미련 없이 떨구어 달아나듯
시곗바늘은 늘어진 조각 엮어
기억은 장독 속에 맛나게 익어가
고스란히 추억의 장맛으로 담긴다

어쩌면 삶이란 쳇바퀴의 연속
정해진 하루의 일정한 틀
몰입하는 매 순간순간
속삭이듯 일깨우는 외침은
역동적인 내 심장의 고동이 아닌가.

어느 꽃이랴 (화장 化粧) / 김철수

아이새도우
립스틱
매니큐어

나는 잘 알지 못하지만
아니 모를 수도 있다지만
미 화신의 신비로운 어울림이다

맨살에 색조의 조각 새기고
갈망하는 여인의 마음 수놓으며
저마다 각기 다르게 피워낸다

한 점 찍어 올리며
연못 위 백조의 향연이 담기고
젊은 베르테르의 슬픔을 묻는다

마술이라 마냥 불려도 좋아
눈을 유혹하는 진한 향기
어느 꽃이라 한들 못내 부러울까

봉오리 터트리며 수줍은 미소짓고
바람결에 흔들 내 눈길 훔친 그녀
한 떨기 꽃으로 곱게 다시 태어난다.

광야(曠野)의 땅 / 김철수

동녘 저 끝 하늘 아래
영롱한 일출 맞이 외딴섬
전설이 아닌 뜨겁게 사른 가슴 안고
태초에 땅이 불끈 솟아 올랐다

연분홍 수줍음 피어 선 갯메꽃
갈매기 날갯짓 하얀 둥지를 틀고
태극 깃발이 손 흔들어 반기며
바닷속 새긴 민족혼이 숨 쉬는 이곳

너는 아는가!
붉은 심장 고동치는 소리를
폭풍우 몰아쳐 온 바다가 내달려도
외로움은 번뇌마저
차마 쉽사리 범하진 못했으리

보아라!
망망대해 우뚝 선 우리 땅
고래 등줄기 거센 물 뿜어내듯
설렘은 용솟음쳐 오르는 힘찬 기운
누군들 가슴 안에 끌어안지 않겠나.

진달래 연정 / 김철수

가없는 부끄러움
어찌할 줄 몰라 속 내민 얼굴
연지 곤지 곱게 찍어 올려
수줍음은 되레 점점 더 붉어지고

늦가을날 찬바람에
시린 정 낙엽 떨구듯 가신 임
연분홍 아리따운 순정
꽃이 되어 활짝 피어났지

새봄의 애틋한 사랑
진달래꽃 반갑게 날 찾아왔으니
임아, 이제 내 안에 영원히
시들지 않는 꽃으로 남으소서.

여백(餘白)의 미 / 김철수

흰 구름 한 조각 수놓아 머물고
밤하늘 달과 별의 고운 빛깔
품어 안은 희망의 하늘이
짝 이룬 갈매기 사랑을 노래하고
거친 파도와 등대의 열정에
포용하는 정열의 바다가 있었다

주변에 의해 내 의미가 부여되고
주인공 되어 돋보이는 것은
넓고 크게 어우르는 또 하나 인연이
드넓은 사유의 공간에 이어져
담겨있는 내용을 재창조하는
여백은 자투리가 아닌 휴식
마음 안에 깃든 여유의 미이다

오색 무지개 뜨고 꽃 피우는
바람이 숨 고르며 쉬어가는 이곳
넉넉한 그 의미 속에
아름다운 삶의 진리가 숨겨져 있다.

광대나물꽃 / 김철수

분홍빛에 고운 분단장하고
두 손 앞에 다소곳이
오가는 길가 발길에 차여
버림받은 잡초의 어둔 숙명인가
누구를 위해 한 송이 꽃 피어나
그 이름 쉬이 불렸는가

만인을 울리고 웃기며
괄시 천대 무릅쓰고
춤추며 재주 넘는 어릿광대
헝클어진 너의 속내는
망가지고 짓이겨서 시퍼렇게
얼마나 멍이 들었나

수줍음 하나 오롯이
꽃으로 환생하였으니 묻거들랑
당당히 꽃이라 하여라.

시인의 향기 / 김철수

저항할 수 없이 덧없는 외침
메아리는 허한 들판 가로지르고
붉거진 긴 한숨 우주를 집어삼킨다

시는 마음의 다정다감한 표현이라

빗물 흘러서 냇물 이루어
생명의 잉태 싹을 틔우지만
바닥 드러난 논에 애써 모심기는
마음마저 검게 타들어 가
잡초만 무성한 밭이 될 뿐이다

삽을 들어야 농사가 아니듯
세심하게 자연과 사물을 살피고
순응하며 때를 알고 있는
검게 그을린 얼굴 해맑은 눈에서
향기로운 시인의 마음을 본다

밥은 뜸이 잘 들어야 제격이듯
제대로 익은 감이야 그 맛이
우듬지 맨 위에 걸쳐있지 않은가.

꽃이 피기까지 / 김철수

욕망 속에서 요동치는 고통은
초가지붕 위 박처럼
주저리주저리 열리고
피할 수 없는 범주는 어찌 못해
나 홀로 나선 묵언 수행에
꿈틀거리는 나직한 몸짓이 있다

여름날 말똥구리의 힘겨운 노력
알을 깨는 병아리의 몸부림
날고자 하는 어린 새의 기억은
세상을 향해 나서기 위한
허물 벗는 당찬 몸부림이라

차가운 바닥에 움츠려서
독한 술 한잔에 오징어 조각
잘근잘근 씹어도 좋아라
때를 기다려 폭죽이 터지듯
활짝 피어난 꽃망울은
아름다운 미소를 듬뿍 담아낸다.

시인
문익호

♣ 목차

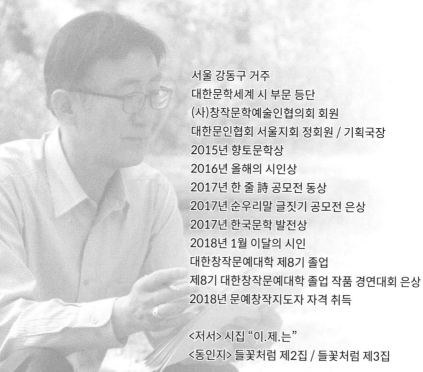

서울 강동구 거주
대한문학세계 시 부문 등단
(사)창작문학예술인협의회 회원
대한문인협회 서울지회 정회원 / 기획국장
2015년 향토문학상
2016년 올해의 시인상
2017년 한 줄 詩 공모전 동상
2017년 순우리말 글짓기 공모전 은상
2017년 한국문학 발전상
2018년 1월 이달의 시인
대한창작문예대학 제8기 졸업
제8기 대한창작문예대학 졸업 작품 경연대회 은상
2018년 문예창작지도자 자격 취득

<저서> 시집 "이.제.는"
<동인지> 들꽃처럼 제2집 / 들꽃처럼 제3집

64

세상은 말이야 / 문익호

세상은 그렇게
호락호락하지도 온전하지도 않아
더구나 그다지 공평하지도 않지
그래도 지금까지 그런대로 잘 살았잖아

앞으로도 그렇게
계곡물 콸콸 흘러가듯 살아가는 거야
가끔은 장풍도 쓰면서
또 가끔은 장풍을 맞으면서 말이야

장풍을 맞으면 아파하지 말고
슬그머니 훨씬 더 맛있는 것 먹고
고까짓 장풍 아무것도 아니라는 듯
또각또각 걸어가는 거야

그래도 치미는 것이 있으면
담벼락에라도 장풍을 날려버려
아마 그놈도 힘드니까 그럴 거야.

실향 / 문익호

고향은 어머니다.

한순간에 엄마를 잃어버린
천둥벌거숭이 아이는
눈물 콧물로 꿈길을 찾아 헤매고
세월이라는 약도 발라 보았지만,
늙어버린 고아는
좀처럼 가슴 속 나이를 먹지 못한다.

마법의 벽시계 / 문익호

문득 눈앞에 보이는 커피숍에 이끌리듯 들어서고
재즈 음악이 낮게 깔리는 한쪽 자리에 앉았다.

커다란 벽시계가 걸려있는데
로마 숫자 가득한 그 시계 모양이
마치 마법의 성문에 달린 문장(紋章)같이 낯설다.
사람들이 차를 마시며 수런수런 이야기하는 소리에
슬며시 재즈 음악이 사라지고 정신이 몽롱해진다.

째깍째깍
벽시계 바늘을 따라 작은 요정이 달려가고,
시계 속의 수많은 톱니가
맞물려 돌아가는 모습이 보였다.

수런수런 이야기하며 움직이는 사람들 모습이
시계의 톱니바퀴를 타고 앉아
째깍째깍 돌아가는 모습으로 보였다.
시계의 톱니바퀴처럼
맞물려 돌아가는 일상의 삶이 보였다.

조금 천천히 걸어도 좋아 / 문익호

아침 해가 떴다.
출근길 지하철에서도 걷고 뛰며
그는 인생길을 달려간다.

할 일은 태산인데
한 일도 자꾸 틀어지고
마음만 허덕이며 달려간다.

급하게 달린다고
해결하지 못했다고,
인생길 멈추지 않는단다.

꽃이 피려면
계절이 와야 하듯이
굽이굽이 걷는 인생길
조금 천천히 걸으면 어떠랴.

달빛 어린 봄밤 / 문익호

연분홍 꽃구름이 가득한 산자락에
은은한 달빛이 내려앉았다.

달빛은
버려진 순정에도
버리지 못하는 미련의 옛이야기 듣고,
산자락을 다 덮은 이슬 맺힌 꽃구름에 먹먹하다.

달빛은
꽃구름 어루만지며 산에 오르고,
옛이야기는 발그레한 이슬 반짝인다.

그림 같은 풍경 / 문익호

봄비가 차분히 내리던 날
우산을 받고 산길을 걸어간다.
오솔길에는 훌훌 떨어진 벚꽃이
그림물감으로 쿡쿡 찍어 놓은 듯 그려져 있었다.

찰칵 셔터를 누르며
그림물감 쿡쿡 찍어놓은 풍경 잘라오고,
내 모습도 생생하게 담으면서
가끔 마음에 안 드는 순간은 날려버린다.

이렇게 계절을 담을 수 있고
가슴에 그려진 사연 생생하면서도
가끔은 깨끗하게 지워 버릴 수 있는 네가 참 부럽다.

이제는 보내야 할 그 사람이
아직도 내 가슴에는 그림 같은 풍경으로 남아있고
너처럼 깨끗하게 지워 버릴 수 없는 내가 참 야속하다.

아픈 가슴 / 문익호

전화기 너머로
훅하고 터지는 울음소리가 들려왔다.

너무너무 아파서 응급실에 갔는데
앉을 수도, 설 수도, 누울 수도 없이 아파도
해결 방법이 없다면서
이러고도 살아야 하는지 모르겠다고 흐느낀다.
이 세상 모든 것이 사치라는 생각이고
이런 삶을 벗어날 때 춤추면서 갈 거라고 한다.

그 순간에
내 가슴도 하얗게 재가 되었다.
그래도 가끔은 괜찮은 순간들이 있으니까
틈만 나면 즐겁게 지내.
그러다가 갈 때가 되면 얼씨구나 하고 가면 되지
너 춤추며 갈 때 내가 꽹과리 쳐줄게 했다.

함께 허허롭게 웃었다.
살다 보면 비우고 싶은 순간들이 있다.

소쩍새 우는 숲속 / 문익호

달도 없는 숲속
소쩍소쩍 끊임없고
계곡 물소리 가득하다.

소쩍새 품은 사연
얼마나 쩍 쩍 갈라졌으면
밤새워 홀로 울고 있을까.

위로하고 싶은 마음 따라가 보니
한 마리 소쩍새가
내 가슴에서도 울고 있다.

기적이 따로 없다. / 문익호

우연히 본
1968년 청계천 사진으로 들어섰다.

여기쯤 내가 살던 곳.
거무죽죽 뭉그러질 듯한 집이다.

그 창문 너머 단칸방에서
언제쯤이나 고구마 실컷 먹을 수 있을까
온 가족이 둘러앉아 입맛 다시고 있을 때,
어디선가 풍겨온 라면 냄새 단숨에 들이켰다.

문득 사진에서 나오니
반백 년 쉬지 않고 올라온 계단 위에서 빛나는
싱그러운 연초록 햇살이 반갑다.

사랑 방정식 / 문익호

다정한 햇살 향해
해바라기 하면 행복한 사랑이고
마음을 주고받으며 소중히 간직하면 되는
아주 단순한 사랑 방정식인데

사랑한다는 연인들이
왜 저렇게 눈물을 흘리고 있을까요.

그 사람을 향한 행복한 사랑 하고파
풍향기 장대에 일편단심 내 마음을 매달았습니다.
그저 바라보기만 해도 행복할 것 같아서요.

제자리에서 뱅글뱅글 맴돌기만 하는 이 행복
이제는 나도 눈물이 나네요.

♣ 목차

시인
박시순

경기 안산시 거주

2017년 6월 대한문학세계 시 부문 등단

현 (사)창작문학예술인협의회 회원

대한창작문예대학 제8기 졸업

제8기 대한창작문예대학 졸업 작품 경연대회 동상

포기가 가져다준 마음의 평안 / 박시순

가이 포크스 가면을 쓴 한 여인이 있습니다

무지렁이로 살 수 있어서 행복했다고
비우니 채울 공간이 생겨서
내려오니 올라갈 곳도 생기고
내가 힘들면 네가 수월하겠지
네 마음도 내 마음 같겠지 하며

이렇게 삼십여 년을 가면을 쓰고
육신이 아파하는 소릴 외면한 채
곱게 분단장을 한 바보 같은 여인은
늘 관심 받기를 원했고
이름 불러주길 기다리면서도
언제나 먼저 다가서 보지만
그의 눈동자에는 여인은 없었다

우물 안 개구리처럼 동선이 짧은 여인은
오늘도 그녀의 안개 자욱한 창가에서
빛바래가는 사랑을 소리 없는
음성으로 부르고 있다

가이 포크스 가면을 벗고 싶다 침묵으로 말을 한다

어미새로 살아온 삶 / 박시순

아주 오랜 옛날 목마른 삶의 고통이
물 젖은 솜이불인 빨랫줄처럼 늘어지고
희망이 모진 비바람에 내동댕이쳐질 때
가슴속 깊은 곳에서 꿈틀대는 욕망을
차마 손쉽게 놓을 수가 없었다

진종일 노동으로 굳은살 박인 맨발로
태양이 이글거리는 뜨거운 사막 위에서
소태보다 쓴 침을 꿀꺽 달게 삼키며
사막의 모랫길을 잰걸음으로 헤매며
별처럼 반짝이는 오아시스를 찾았다

낡아 해진 옷을 한 땀 한 땀 기워
호랑나비 무늬처럼 수놓은 옷을 만들며
오직 한 우물만 파고 살아온 나는
날갯짓하며 모이 물어다 먹이는 어미새로
내일 없는 하루하루의 삶을 산다

채송화의 분만통 / 박시순

코끝에 냉랭한 습기가 스민다

땅이 흔들리고 흙덩이 무너져 내린 곳
칠흑 같은 어둠의 공간에 빛이 스멀거려
실오리 같은 눈을 가늘게 뜨고
심장은 초침보다 빠르게 뛴다

몸을 관통한 물관은 깊숙이 뿌리를 내린다

산통 끝에 미어캣처럼 고개를 내밀고
바람에 지난 기억을 꺼내 한 올 한 올
날실과 씨실이 얼기설기 짜여지고
햇살 받으며 꽃봉오리를 톡톡 터뜨린다

허무한 여름은 꽃잎을 그림 속에서 지운다

계절 따라 흐르는 바람은 살랑살랑 불어
종족 본능의 기능을 슬며시 일깨워 주고
햇살은 어둠 속에서 푸른 몸뚱이 깨우고
다시 봄이 오면 실오리 같은 눈을 뜨겠지

마음에 수놓는 사랑 / 박시순

성근 세포조직 사이에
간들바람이 살며시 스쳐 간 자리
비밀의 정원에 너는 꽃씨로 날아와
기쁨을 주는 선물처럼 움을 틔웠다

생명의 봄,
알록달록 예쁜 꽃으로 피어
텅 빈 가슴에 고운 향기로 머문다

녹음의 여름,
뙤약볕 아래 갈맷빛 그늘막처럼
삶에 지친 몸 넉넉하게 쉬어가라 한다

풍성한 가을,
갈바람에 양떼구름이 춤추고
호수 같은 네 눈동자 단풍처럼 여문다

꽁꽁 언 겨울,
댑바람에 함박눈이 깃발처럼 날릴 때
너의 미소는 내 가슴을 따뜻하게 한다

내게 영원한 천사인 너는
이십삼 년 동안 움을 틔우고 꽃 피며
성근 세포조직에 풍성한 열매를 맺어
내 마음에 사랑과 행복을 수놓는 선물이다

찰나에 담긴 무채색 향기 / 박시순

곰삭은 묵은지 맛을 담아내고
달님의 무채색 얘길 그려내는
수많은 흑백 점들이
문신처럼 깊게 새겨진 진한 그리움을
깜박이는 눈동자에 담아
과거의 흔적을 회상하게 한다

갓 버무린 생 겉절이처럼 상큼하고
해님이 전하는 바람의 얘길
일곱 색깔 무지갯빛
고운 색을 입힌 계절마다 삼라만상을
컬러 렌즈에 담아
천연색 이력서를 내민다

흐려지는 기억들
색 바랜 흑백 사진 속 나는
점점 몽당연필이 되어 가지만
세련되지 못한 나를 그럴듯하게 담아낸
투박하지만 예쁜 눈동자를 가진 네가
푸근한 어머니 품 같이 참 좋다

두견화 연정 / 박시순

꼭 다문 입술 사이로
작은 떨림이 새어 나온다

시간은 멈추고 정적이 흐른다
연분홍 꽃봉오리는 태동을 느끼고
긴 산통 끝에 불꽃 축제를 연다

짧은 생
뜨겁게 열병처럼 앓다
영혼까지 붉게 태우고
하늘에 닿을 수 없는 고운 향기는
허공에 홍등같이 그네를 탄다

바다의 오아시스 / 박시순

동쪽 먼바다 수평선
소금밭에 솟아오른 오아시스
철새들의 간이역

단단한 갑옷 입고
긴 칼 옆에 차고
도적 때 막아 내야 했던 숙명

거친 파도 생살 파고들어도 기다리면
바람의 노래가 되는 것을
독도는 태곳적부터 알고 있었다

오래된 사랑 / 박시순

이 세상 오직 하나뿐인 그대를
내 가슴에 꼭꼭 숨겨두고
문득문득 그리울 때 꺼내 봅니다

기척도 없이 다가와
내 마음 그대 삶에 가두고
흘러가는 세월 속에 숨어 살게 하나요

차오르는 눈물은
그리움 되어 두 볼 적시고
그대 향기가 내 가슴을 칭칭 동여맵니다

세월 따라 청춘은 흘러갔지만
내 가슴에 그대를 위해 비워둔 사랑은
언제나 무지갯빛으로 피어납니다

영혼을 깨우는 소리 / 박시순

내 안에 태엽 같은 네가 있어
천상의 맑은 목소리에도 숨을 헐떡인다

찰나 같은 너의 두드림이
침묵하던 내 영혼을 깨우고
애증으로 묶인 너와 나의 생은
내 심장의 우듬지에서 숨을 고른다

너의 그림자 위에 나를 세우고
뜨거운 내 심장으로
차가운 너의 심장을 녹인다

걸음마다 째깍거리는 너의 울림은
살아서 우는 내 영혼의 떨림이어라

과수원 / 박시순

외딴 과수원에 봄바람이 불면
하얀 능금 꽃이 꽃비처럼 내리고
따가운 태양 아래 능금이 빨갛게 익어갈 때
아버지 얼굴도 검게 익어 갔습니다

푹 꺼진 아궁이 장작불에 밥 익어가는 냄새
뒤양간 굴뚝 하얀 연기 저녁노을에 물들며
우리 어머니 사랑은 아들딸 주린 배 채웠지요

동지섣달 긴긴밤 호롱불 아래
사 남매 꿈이 커갈 때 부모님은 절로 배부르다 하고
화롯불 군밤 터지는 소리가 온방에 가득할 때
능금 깎는 어머니 손은 바삐 돌았지요

하얀 능금꽃 눈부신 봄
여름 밤 적막을 깨우는 개구리 울음소리
탱자나무 울타리 안에는 능금이 빨갛게 익는 가을
눈 내리는 겨울밤은 온통 목화밭
사계절 색동옷 갈아입는 과수원

눈을 감으면 언제 어디서나 꺼내볼 수 있는 내 고향
강산도 몇 번씩 바뀌고 과수원은 흔적도 없지만
수십 가닥 매듭으로 가슴에 새겨져
세월이 흐른 오늘도 한 편의 영화처럼
펼쳐 보고 또 펼쳐 봐도 그리운 과수원

시인
백성섭

♣ 목차

대한문학세계 시 부문 등단
(사)창작문학예술인협의회 회원
대한문인협회 인천지회 정회원, 감사

대한창작문예대학 제8기 졸업
제8기 대한창작문예대학 졸업 작품 경연대회 동상
대한문인협회 좋은 시 선정 (2018년1월2주)
동인지(서울인천지회) "들꽃처럼 3집" 공저

비둘기 둥지 / 백성섭

우리집 강아지 먹을 것이 없어서
엄마가 제일이라 기다리는 마음
잠결에서도 손발을 만지작거린다

세월이 흐른 후에 부족한 일손 따라
어른들로 채워진 품삯에 반나절 품으로
논밭으로 갔었던 시절

입 하나 덜자고 서울로 간
도시 생활 어찌나 고단한지
아침에는 만원 버스
퇴근길엔 흔들흔들 잠이 오간다

뒤돌아보니 오래 시간이었지
걸음마다 새겨진 길 반 백년이라,
결혼한 아들딸 잘 있다니 행복이고

세상 구경 한 참인데 구석진 곳
그 안을 살펴보니 지나던 사내가
다시 돌아와 지워지지 않는다

요즘 무엇 하느냐 물어 보았더니
아름다운 그림에 건강, 행복, 소일거리 등의
이름을 고르고 있다고 말 합니다.

백 이십 리 곡교천 / 백성섭

구름이 흘러 흘러 하늘로 바다로 가는데
충청도 길 삼 백 이십 리에
비에 젖어 세월에 젖어 눈에 아른거린다

물길 따라 오르내리면
언제나 놀았던 내 고향 남천
지난 추억이 되어 날아갔습니다

계절 너머 나이에 밀려가는 소년은
모르게 늘어가는 주름살과 나잇살
손바닥 얼굴 비벼 거울로 갑니다

지난날 부모 형제 만남이 짧고 짧아
어머니 꽃가마 타고 가시던 날
소리 없는 눈물이 가슴에 쌓였는데
꿈에도 기다리는 고향 들녘에는
무심한 구름만이 늘고 납니다

하늘 아래 우리는 돌고 돌아서
백 이십 리 곡교천에 흐릅니다.

외손자 돌잔치 / 백성섭

가을 어느 날
우리 내외와 사돈 내외는
제주도 돌잔치에 있었다.

처음 있는 행사로 삼박 사일
걱정이 되었지만.
오름과 바닷속 구경에
서먹한 것도 잠시뿐
제주도가 잔칫상이 되었다.

그중에서도 어른의 입맛을 맞추느라
땅이 챙겨온 고추장 맛이 제일 좋았다.

함께여서 행복한 오름길
은빛 갈대가 춤추던 곳
사진으로 남은 추억들이
내게는 소중한 동반의 여정이었다.

내 곁에는 늘 / 백성섭

늘 나와 함께 해온 자명종 시계가
때를 맞추어 나를 부르는 소리에
하루를 시작한다

내가 가야 할 길
내가 해야 할 일
몸이 무겁다고 투정 부려 보지만
돌아오는 것은 쩌렁쩌렁 울려 대는 소리뿐이다.

내가 지치고 힘들 때
잠시 쉬어 가라고 알려주고
배고프면 밥 먹으라. 알려주기에
난 오늘도 살아서 세상을 보고
내일 역시 살아 있는 모든 것과 함께할 것이다.

그렇게 내 책상 위에서
그리고 내 마음속에서
고장 없이 늘 함께하기를 바라며
오늘도 초침 소리와 함께 잠이 든다.

섬으로 간 사랑 / 백성섭

작은 씨앗 하나 비바람 이슬로
바위에 피어난 땅채송화처럼
바다제비 둥지를 틀었다.

어둠으로 고요해진 바다
수줍에 밤에나 돌아오는 바다제비가
왕호장근 아래 날개를 접고 밤을 품는다.

털북숭이 바다제비 한쌍
짧은 하루 해에 사랑 노래 부르고
공중으로 흔들흔들 두 어깨 위에는
부채질하는 날개를 달았다.

동도의 밤하늘에서
바다제비는 가슴을 활짝 열고
힘찬 발돋움으로 동해 푸른 바다 멀리
서도의 하늘을 향해 날았다.

봄이면 피는 꽃 / 백성섭

바람결에 피어난 연분홍 참꽃
송이송이 아름지어 핀 꽃자리에
벌 나비 날아와 앉는다.

참달래 꽃 기다림은 설렘으로
환한 미소 가득 향기에 실어
산 아래로 발걸음 옮긴다.

하늘거리는 꽃향기에
어머니 꽃잎 따다 화전 부치던 날
새색시 시집오던 언덕에
그 해 따라 참달래 꽃이 만발했었다.

마법의 창 / 백성섭

바닷가 산책길에 너와 동행 한다
순결한 고독에 다가서기 위해
차분하게 마음을 가다듬고
마법의 창 앞에 선다.

철썩이는 파도에 걸음을 멈추고
거취대를 세워 어둠이 휘감아 오는
외로운 침묵에 셔터를 누른다.

찰칵 셔터 소리에
하얀 거품을 일으키던 파도는
밝은 빛을 내며 심정지를 하고
한 장의 추억이 되어 내게로 온다.

연둣빛 사랑 / 백성섭

계양산 아래 피어오른 연둣빛 향연
상쾌하고 싱그러운 작은 나무 사이로
조팝나무 흰 꽃이 환하게 들어내 보인다.

골짜기로 졸졸 흐르는 물
내려갈수록 물 내음 소리에 겹치어
소년의 추억이 떠내려간다.

삶의 무게에 눌려 소중했던 사랑은
세월에 빛이 바래 점점 작아져 가는데
부질없는 욕심만이 오갈 뿐이다.

저 푸르른 나무처럼
지나온 기억에 가슴을 더하여
한 줄의 글을 쓰고 지우고 또 쓰는
여유가 스며들고 있다.

당신이 그립습니다 / 백성섭

유년의 봄날
꼬르륵 점심 들어오라는 소리
땡땡땡 점심시간 종소리
우물가 두레박질 소리

아카시아 꽃 따먹고 배앓이 하던
봄날의 배고픔
꽃이 필 때면 생각이 난다

보릿고개 길고 멀어서 인가
더디고 느리어 누렇게 익은 보리밭 꿈
많이 기다렸지? 하고 안아 주시던 당신
품삯으로 받아온 보리쌀로 밥을 지으신다

이른 봄부터 개울가 들녘 산어귀
나물 찾아 오르내리시던 길
어제처럼 눈에 선하여 당신을 기다립니다

마음이란 것 / 백성섭

좋아하거나 싫어하는 마음
모두 하나의 생각에서
나오건만

한 생각이
이리저리 변하는 변덕스러움에도
강아지처럼 좋아하며 따라다닌다

한마음에
생각이 달아나면 찾을 수 없어
길 잃은 바람이 불었다가 멈췄다가 한다

마음을 다잡고 생각을 다듬어
좋은 날 맑고 시원한 옹달샘 만나듯
한마음으로 행복을 꿈꾼다

♣ 목차

시인
성경자

대한문학세계 시 부문 등단
(사)창작문학예술인협의회 회원
대한문인협회 서울지회 정회원
한국문인협회 정회원
대한창작문예대학 제8기 졸업
<수상>
2014년 9월 2주 금주의 시 선정
2015년 순우리말 글짓기 장려상
2015년 대한문인협회 한국문학 발전상
2015~18년 명인명시 특선시인선 선정
2014~16년 대한문인협회 올해의 시인상
2017년 1월 이달의 시인 선정
2018년 한국문학 베스트셀러 작가 우수상
제8기 대한창작문예대학 졸업 작품 경연대회 금상
우수작/ 낭송시/ 좋은시 다수 선정
<개인 저서> "삶을 그리다."
<공저>
대한문인협회 서울지회 동인지 "들꽃처럼"
명인명시 특선시인선 등 다수

민들레 홀씨 되어 / 성경자

짙게 깔린 어둠에 새들도 잠들고
아내와 엄마라는 구속을 벗어나
여유로움이 가득한 한 여자가 있다.

하루라는 삶 속에 꿈을 담고
바람 따라 구름 따라나선 길
햇살도 버스에 몸을 싣고
무쇠 같은 꿈을 따라 동행한다.

때로는 지치고 힘들었던 시절
좌절하지 않고 묵묵히 앞만 보고 걸어온
나의 인생 여정에 힘찬 박수를 보낸다.

단막극 같은 하루의 삶 속에서도
언젠가 꽃피울 꿈을 향해 오늘도
민들레 홀씨 되어 푸른 하늘을 날고 있다.

추억으로 가는 길 / 성경자

청명한 하늘 끝에 걸터앉은 구름이
평화롭게 노닐던 고샅길 접어들면
할아버지가 끓이는 쇠죽 냄새와
할머니가 짓는 구수한 사랑 밥 냄새에
발걸음을 재촉했던 추억을 회상한다.

흐르는 세월 따라 흐릿해진 기억은
흑백 필름 속에서 추억의 나이테를 그리고
바람이 꽃으로 향기롭게 피어나는 날
익숙한 도시의 거리를 걸으며
멈춘 듯 따라오는 풍경에 마음이 따뜻해진다.

까만 하늘 저편 반짝이는 별 무리
은하수 건너 내 품에 안겨 오고
아득히 들려오는 다정한 속삭임은
할미꽃을 닮은 소박한 웃음으로 피어난다.

시계추에 걸린 세월 / 성경자

태엽이 풀린 시계처럼
길을 잃고 헤매던 어느 날
차가운 눈동자에 스산한 바람이 인다

회색빛 벽을 뚫어지게 노려보는
시선 끝에 째깍째깍 요동치는 시계 소리가
쿵쾅거리는 내 심장 박동 소리와 닮았다

잡힐 듯 잡히지 않는
짙은 시간 속에 갇혀버린 나는
커피 한 잔에 세월을 타서 마시고
요동치는 삶의 태엽을 천천히 다독인다

무심한 시간은 덧없이 흐르고
석양에 취한 별똥별 긴 여운 속에 사라지면
내 삶에 기웃대던 세월을 부여잡고
그대 품속에서 심장 태엽을 감는다.

그대와 함께 잡은 손 / 성경자

언제나 같은 곳을 바라보며
빠르게 흐르는 인생길에 서로
변해가는 모습에 어깨를 다독인다.

멋진 선물 달콤한 말은 없어도
텅 빈 가슴을 어루만져 주는 그대는
구름 사이로 빛나는 햇살처럼 아름답다.

모진 비바람에 흔들려도
항상 그 자리에 피는 들꽃처럼
꿋꿋하게 의지하며 살아간다.

맞잡은 두 손을 흔들며
앞을 향하여 걸어가는 인생길에
스치는 바람은 달콤하다.

봄의 향연 / 성경자

산마루 고운 햇살 아래
산새들 목청 높여 노래 부르면
겨우내 꽁꽁 닫혀있던 마음이 열리고
차가운 대지의 영혼을 흔들어 깨운다.

텅 빈 하늘에 외로운 뭉게구름은
쉴 곳을 찾아 산허리를 등에 짊어지고 길 떠나면
눈부신 저 고운 빛깔들은 바람이 되고 비가 되어
소리 없는 적막한 세상을 붉은빛으로 물들인다.

봄소식이 들리는 너른 들녘에서
재잘대는 꽃샘바람 소리는
기다림에 지쳐 방울방울 이슬이 되고
만개하는 진달래꽃은 사랑의 불꽃을 태운다.

렌즈 속에 담긴 세상 / 성경자

어둠이 거치는 이른 아침
온 세상이 초록빛으로 물들면
나의 심장은 터질 듯 벅차오르고
마음 깊은 곳에는 파문이 일렁인다.

행복한 삶 속에서
한 번씩 스치고 지났을 나무 의자
길을 걷다가 바라보는 하늘의 모습까지
눈을 열고 초점을 맞추면 사랑이 가득하다.

순간순간을 담아내듯 셔터를 누르면
너의 미소 띤 얼굴은 섬광으로 다가오고
동그란 렌즈 속에는 사랑으로 가득 차
흐드러지게 핀 꽃들이 살랑살랑 춤춘다.

삶의 여유 / 성경자

다섯 시 삼십 분, 여명이 밝아오고
평온하고 넉넉한 마음으로 일어나
오늘의 공간을 희망으로 채우기 위해
머릿속에 하루를 그리며 여유를 부린다.

은은하게 코끝을 스치는 커피 향은
잔잔하게 울리는 음악처럼 감미롭고
눈코 뜰 새 없이 바쁜 아침 출근 전
어제를 돌아보고 오늘을 그려본다.

태양이 환하게 웃는 하늘 아래에
바람에 서걱대는 나뭇잎 소리보다
종종걸음 하는 내 모습은 보이지 않고
넉넉한 마음으로 꽃길을 걷는 내가 있다.

아버지의 잃어버린 시간 / 성경자

바스락거리며 부서지는 낙엽처럼 메마른 가슴을
훑고 지나는 바람이 따뜻했던 추억을 들추면
못다 한 사랑에 하늘은 회색빛으로 슬픔에 젖고
주인 잃은 아버지의 시계는 힘겹게 걸어만 간다.

야속하게도 당신보다 먼저 떠난 아내의 빈자리와
사랑하는 자식이 짝 찾아 떠난 텅 빈 둥지를 보며
밤하늘의 달과 별을 보며 가족 잘 되길 기도하며
고독한 나날의 밤을 이겨냈을 아버지가 그려진다.

모진 세월을 억새처럼 질기게 살아온 삶은
곪아 터진 상처만큼 지금도 아물지 않고 짓무르는데
주인 잃은 공허한 방 안에 고요한 적막이 흐르고
아버지의 시계만 힘겹게 새벽을 향해 걸어간다.

헛헛한 마음 / 성경자

긴 밤을 지새우며 울던 풀벌레 소리에
흘러가는 세월의 끝자락을 움켜쥐고
쪽빛 하늘을 좇다 보면
잃어버린 순수함에 허기를 느낀다.

애잔함이 잔잔히 밀려드는 거리에서
한 여인의 소박한 꿈은 멀어져 가고
견디며 살아가야 할 날들이 많아
성큼성큼 다가오는 계절이 두렵다.

오가는 사람들의 바쁜 발걸음 소리는
내려앉은 어둠 속에 그리움이 되고
나는 헛헛한 빈 가슴을 쓸어안고
가만히 눈을 감고 하루를 돌아본다.

꿈과 현실 사이에 홀로서기 / 성경자

외롭게 떠 있던 별이 지면
어둠은 그 자리를 짙게 물들이고
끝이 보이지 않는 자신과 싸움은
꿈속에서도 나를 닮은 내가 보인다.

스스로 쳐놓은 장벽이 높아질수록
나오기 위해 허우적대며 몸부림을 치고
내면에 깊이 숨어있는 자유와 용기를
하나씩 꺼내어 자아 성찰한다.

손바닥을 뒤집듯 달라지는 나날들
천사와 악마의 싸움은 이어지고
사람들의 두 마음이 전개되는 삶 속에도
그대로인 모습에 감사한 마음을 가져본다.

이제는 바람에 밀려다니는 삶이 아닌
당당한 모습으로 하나씩 만들어 나가고
이루고 싶던 꿈은 현실이 되어 갈수록
홀로서기를 위해 오늘도 도약한다.

시인
이고은

2017년 대한문학세계 신인문학상 수상
대한문인협회 정회원

문학 이올림 동인 시집
봄 여름 가을 겨울 일기 저자
달력 속 숨은 과학 24절기 공저

대한창작문예대학 제8기 졸업
제8기 대한창작문예대학 졸업 작품 경연대회 은상
2018년 문예창작지도자 자격 취득

벽시계 / 이고은

벽에 기대어 나를 재촉하는
네 눈빛에서는 동강동강 아픔도
뒤따라 나오는데

또각또각 힘찬 걸음만 듣고
진갈색의 어두운 아픔쯤은 보이지 않아
뉘 쉽게 손 내밀지 않는 걸까?

알면서도 모른 척
보이면서도 못 본 척
짐짓 고개 돌리는
네 마음도 편하진 않으리라.

가만히 귀 기울여
째깍째깍 울음 삼키는
네 목소리만 안으로 묻으며
아프지 마라, 아프지 마라.
가여움만 토해 낸다.

다람쥐 쳇바퀴처럼 돌아도
울지 마라, 울지 마라.
언젠가는 기댄 벽 틈으로 잠기는
너의 눈물은 푸른 태엽이 되리라.

벽에 기대어 아침을 재촉하는
네 목소리에 어둠이 물러가고
희망찬 여명이 달려온다.

푸른 오월의 싱아 / 이고은

저녁놀 날숨 가빠질 무렵
"아버지, 진지 잡숴."
둘째 딸의 카랑한 목소리와 함께
수많은 별들이 쏟아져 내렸다.

초롱한 눈망울로 걸터앉은
아침 이슬 툭툭 걷어내며
뻐꾸기 둥지 찾아
새 알을 꺼내는 기쁨을 안겨 주었다.

그곳에는
함지박에 생선을 이고 팔러 오던
나와 유난히 닮은
육손 아줌마가 있고
남동생이 셋이나 있어
수수 팥단지로 위세를 부렸던
어린 날의 내가 남아 있다.

진달래 찔레 싱아 삐비 모두
먹거리와 놀이가 되었던
그때 그 시절을
어찌 잊을 수 있을까?

바람결에 엄마의 자장가 들려오면
개울물은 봄의 교향곡을 연주하고
산새들은 한 편의 동화를 이야기하는
벗들이 생각난다.

도심의 가로등에 기대서면
사선의 불빛 사이로
푸른 오월의 싱아가
고향의 봄처럼 다가온다.

밥보다 맛있는 사랑 / 이고은

달래가 기지개를 켜며
빼꼼히 고개 내밀 때
농부의 딸은 봄 마중 나가는
그런 재미가 마냥 쏠쏠했다.

봉숭아꽃이 엷은 미소로
배시시 웃는 그 여름에도
다섯 남매의 빛바랜 사진은
불 지핀 온돌방처럼 따뜻했다.

어느덧 시계 초침이 바삐 움직여
그 옛날의 엄마도 그랬듯이
나도 그 옛날의 엄마가 되었다.

내 뜨거운 열정과 지혜 모두
마음 따뜻한 사랑 전부를
엄마가 몸으로 가르쳐 주고
버팀목이 되었음을 이제야 깨닫는다.

엄마의 거울을 들여다보며
밥보다 맛있는 달콤한 사랑을
내 딸에게도 전해 주려는 나를 본다.

아버지의 섬 / 이고은

괭이갈매기는 날고 싶어도
목마른 가슴만 부여잡고
당신께 다가서지 못하고
꽃샘추위에도 아랑곳하지 않던 당신은
일본의 세 치 혀에 시퍼렇게 베여
검버섯이 많이 피었습니다.

괭이갈매기는 한세상 살면서
단 한 번도 내뱉지 못한 말 "사랑합니다"
그 한 마디를 꺼이꺼이 토해내려 애쓰고
외로움에 지친 마음은 당신 곁으로 가고 싶어
오늘도 쉼 없는 날갯짓으로 몸부림칩니다.

연분홍 순정 / 이고은

그녀를 본 순간
연분홍 미소에 넋을 잃어
나의 얼굴도 붉게 물든다

선홍빛 입술 앙다문 그녀를
어떻게 유혹해야 할까 망설이다가
잽싸게 가는 허리 감싸 안고
무작정 데려와 입 좁은 유리병에
가두어 놓았다

시름시름 앓고 있던
그녀의 얼굴빛이 노랗게 변했을 때쯤
기약 없이 어디론가 훌쩍 떠났다

세월이 한참 흐른 후
원미산 동산에 살고 있다는
소식을 듣고 한걸음에 달려가 보니
그녀는 연분홍빛 미소 가득 머금고
나를 기다리고 있었다

그녀는 어머니를 닮은
나의 첫사랑이다.

한 폭의 수채화를 담다 / 이고은

네가 세상 속으로 눈맞춤 하던 날
나는 초롱초롱한 너의 눈망울에
흠뻑 젖어 들었다

신기루 같은 너의 모습은
내 눈 안에서 해와 별이 되어
사랑을 노래 부르고 또 담게 한다

외눈박이의 사랑 안에서
어여쁜 빛을 내는 너의 작은 몸짓에
초점을 맞추고 셔터를 누르는 기쁨은
한 폭의 수채화가 되어 빛난다

지금은 핸드폰에 밀려
빛바랜 사진처럼 잊히겠지만
너의 또렷한 눈망울은 불멸의 빛으로
내 안에 살아 숨 쉬고 있다.

먼지 / 이고은

이제 그만 보내주고 싶다
너는 아직도 나를 떠나지 않고
나 또한 차마 너를 보낼 수 없다

차디찬 찬밥처럼 식었는데도
너의 잔상만 뽀얗게 떠오르고
시간이 흐를수록 까만 잿더미가 쌓인다.

흔적도 없이 싹싹 지울 순 없는 걸까?

덩그마니 놓여진 너의 흔적만으로
숨조차 쉬지 못해 꺼이꺼이 우는 내 눈물이
네게는 아무 의미도 없다

이제 그만 가라
너로 인해 까맣게 탄 내 가슴도
꽃비와 함께 날려 보내며
새 봄을 기다리련다.

소나기 / 이고은

우르르 쾅쾅 우박의 호통 소리
채소 장수 내 친구 서울 왔다고
소나기도 덩달아 나섰나 보다.

햇살도 지지 않는 대낮에 어둠이 따라 나오고
울그락 붉으락 비 오는 날의 풍경이
친구 트럭에 실린 파프리카처럼 빨갛고 노랗고 푸르다.

파란 우산 속에 갇힌 주꾸미
열 손가락 모두 꼼지락대고
깻잎 위에 올려져 안도의 숨을 내쉴 때
꿀꺽 삼켜 버렸다
볼이 미어지도록 오물오물 먹는 모습이
배부른 올챙이 같다.

창밖 너머 소나기와 우박이
큰 소리로 웃고 있다.

강남 얼짱 아저씨 / 이고은

버스 정류장 옆 한 평 남짓한 의자 위에는
그와 고단한 삶이 여기저기 널브러져 있다.

겉만 번지르르한 우리 동네 얼짱 거지 아저씨
오늘도 넝마 같은 양복 입고
시름 한 그릇 후루룩 말아 드신다.

반지르르한 까만 구두 앞 코도
한껏 꿈을 물들인 듯한
태양보다 더 붉은 아저씨의 콧등도
맑은 햇살에 유난히 빛난다.

강남 신사의 자존심을 꼿꼿하게 지키며
강남의 높은 빌딩보다
더 행복한 숲에 사는
우리 동네 얼짱 거지 아저씨의 행보는 계속된다.

간장 게장 / 이고은

첫눈에 반했다.
가까이 오지 말라고 할퀴고
잰걸음으로 쏜살같이 달아나도
너의 속마음은 그렇지 않았다.

햇살이 눈 부신 날에는
보고픈 마음에 네가 더없이 그리웠다.
따뜻한 밥 한술 떠주고 싶어서
네 가슴으로 들어가 심장을 본 순간
숨이 턱 멎을 것 같았다.

혀끝에 살살 굴리기만 해도
눈앞이 아찔하도록 알싸한 느낌은
몸서리치도록 깊고 깊다.

너를 안고 두 눈을 꼭 감으면
세상이 온통 이팝나무처럼 예쁘다.
이 세상에서 제일 아끼는 너는
내 마음을 오롯이 빼앗아 간 도둑이다.

♣ 목차

시인
이창미

부산 거주

대한문학세계 시 부문 등단

(사)창작문학예술인협의회 회원

대한문인협회 부산지회 홍보국장

대한창작문예대학 제8기 졸업

제8기 대한창작문예대학 졸업 작품 경연대회 동상

죽음과 삶 / 이창미

어둠의 그림자와 손을 잡은
순간적인 짧은 선택으로
운명을 도난당했다

타들어 가는 갈증 난 목마름에
한 몸 불사르고 내동댕이쳐진
쪼그라든 물병 하나가 가지런히
발밑에 누워있다

누워서 바라보던 하늘은
호통치며 벼락을 내리고
머리에 전율처럼 감전되어
파노라마 영상으로 스치는
나의 운명의 앞과 뒤

형체 없던 인생을 뒤집어
구멍을 낸 어둠을 튕겨버리고
흔적을 지우는 선택의 길이
꽃이 피고 나비를 불러들였다

나비가 암시하는 전조로
죽음 앞에 살고 싶은 욕구
그날도 그랬다

꽃잎 한 장 눈물 한 방울 / 이창미

칼날 세운 바람은
뼛속까지 스며들어
호들갑 떨던 가난의 고통에
모래 씹힌 내 눈은
눈물조차 메말랐다

허기진 한파에
허기진 배를 채우려
꽃잎을 따 먹는 소녀의 눈에는
눈물이 그렁그렁 맺힌다

눈치 없는 바람은 저 산 넘어
얼어붙은 마음에 외면당하고
님 기다리며 침묵에 고개를 떨군다

행운은 행복 속에서 온다 / 이창미

원한다
바란다
집중한다
이룬다

항상 반성하고
항상 수정하고
항상 그 길을 간다
배움의 길은 끝이 없다

한계는 내가 만든 벽이다
알람은 나를 깨우고
나는 새벽을 깨운다
꿈을 포기하지 말고
수면을 포기하자

행운은 행복 속에서 온다
축복 기운 가득 안고
나는 너를 본다

아침의 여유 / 이창미

아침을 깨웠더니
햇살이 문을 열고 들어온다
식탁 위 곱게 앉은 너와
수다 떠는 여유를 부린다

아침을 열었더니
햇살이 살포시 손을 내민다
눈부신 너와 손잡은 나는
세상 구경하며 달린다

아침을 즐겼더니
건강한 정신이 스며든다
젊을 때 투자한 아침의 여유가
노후에 병원 신세 벗어나게 해준다

너도 같이 온다 / 이창미

아침 이슬이
또로롱 또로롱
구르며 속삭이면
이슬 먹은 풀잎은
기지개를 켠다

나뭇가지마다 웃음이 걸려
카메라 꽃망울 터트리면
인생을 담는 너와
반갑게 인사 나눈다

처음 카메라 렌즈로 보이는
다른 세상과 만나
밝고 어두운 느낌 없이
단순하게 빠져든다

네모 속에 갇혀 저장공간 부족
현실을 외면한 수많은 실수
빛의 초점도 없이 허상에 허우적
아직도 산을 넘는다

조리개를 이해하고
셔터 속도를 알고
실수를 보정하고
긴 여정 빛을 쫓던
정점을 찍고 돌아온다

124

또 다른 마음 정원 / 이창미

길가에 핀 꽃들 노래가 들렸다

내 귀에 가볍게 속삭인
진달래꽃 얼굴이 참 곱다

봄꽃들의 손짓에 이끌려 왔다

마음을 뺏겨 발길 멈추고 보니
진달래꽃 산등에 지천이다

진달래 너는 봄을 맞아
미인대회인 듯 예쁨을 뿜어낸다

바라보지 않으면 보이지 않는
저 멀리 피어있던 진달래처럼
마음속 문을 열어 본다

몸과 마음이 하나 되어
마음속 눈과 마주하니
내 마음 정원이 활짝 웃고 있다

사랑을 지키는 돌섬 / 이창미

아침 해를 온몸으로 맞이한
동쪽 바다는
빨간 옷으로 갈아입는다.

바람이
쏴 하고 인사하면
바닷물이 찰싹찰싹
깃을 치며 대답한다

겨우내 얼지 못하고
지켜야만 했던 돌섬 등대는
지나가는 갈매기를 보며 손짓한다.

자유와 사랑을 찾아
먼바다를 헤매던 인생도
잠시 쉬어 가라, 말하고는
또다시 돌섬이 되어
하늘과 바다를 지킨다.

수평선을 넘어가는 배도 울고
세상을 나는 새들도 울지만
돌섬은 결코 울지 못하고
우리의 사랑을 지켜야만 한다.

한결같이 새롭게 / 이창미

새싹이 솟아나는 자연의 경이로움처럼
겨우내 날카롭던 매서운 바람마저
따뜻하게 보듬어 준다

더 나은 내일을 향해 오늘에 감사하며
희망이라는 이름표를 달고 걸어온 길을
믿음 하나로 힘껏 도약한다

한결같이 새롭게 함께 피어오르는 새싹이
한마음 한뜻으로 따뜻한 기운 모아
사랑으로 절망을 이겨낸다

한 걸음씩 모아 걸어온 길이
세월의 흐름 속에 조화를 이루며
봄꽃처럼 고운 마음에 시선이 멈춘다

짧은 이력서 속 너와 나 / 이창미

나는 너를 잊지 않고 기억한다
세월 지나 열어 본 상자 속
내가 직접 쓴 치열한 인생의 기록
색 바랜 너의 짧은 이력서

꽃피는 봄마다 옷을 갈아입고
심장에 붉은 피가 뜨겁게 흐르면
너와 내가 목이 긴 사슴처럼
큰 눈망울로 무언가 찾고 있는 모습

어린 시절부터 어른이 된 지금까지
희로애락이 담긴 인생의 선물들
화합과 갈등이 공존했던 세월들
지금은 마음을 열면 모든 게 행복

끝없이 욕심을 부렸던 지난 시간들이
욕심을 부려도 가질 수 없는 것과
욕심을 안 부려도 가질 수 있는 것이
운명보다는 손바닥 뒤집기 같다는 점

상자 속 짧은 이력서를 보며
살아온 세월만큼 얻게 된 지혜
성공보다는 성장이 먼저고
욕심보다는 배려가 먼저라는 점

꿈과 희망이 살며시 올라오면
용기의 아름다움이 향기를 풍기기에
마음이 열리는 길로 시간은 흐르고
남은 세월 맛있게 익어가고 싶다

어머니의 눈망울 / 이창미

멀리서 고향 소식 들려올 때면
동그랗게 껌뻑이던 어머니의 눈에는
금세라도 눈물이 쏟아질 듯 눈망울이 붉어졌다

고향에 대한 그리움이 쏟아질 때면
청춘을 다 바쳤어도 고단한 어둠은
노을 진 석양처럼 아쉬움으로 붉게 물들었다

고향에서 씨앗 뿌리던 설렘에
평생 추억 속 긴 터널 여행을 하면서
둥지 잃은 새끼 품은 어미 새 가슴 깃털 같다

간장 종지에 김 한 장도 꿀맛이었던
따뜻한 둥지의 시골밥상 그리워지고
날아든 편지에 고향 풍경과 소식 가득하다

시인
임주영

♣ 목차

충북 청주시 거주
대한문학세계 시 부문 등단
(사)창작문학예술인협의회 회원
시처럼 꽃처럼 인생을 그리다 정회원

<수상>
아이사랑 편지쓰기 공모전 대상
마음으로 보는 세상 공모전 은상
가족사랑 글쓰기 금상
대한문학세계 신인문학상
제8기 대한창작문예대학 졸업 작품 경연대회 동상
2018년 문예창작지도자 자격 취득
<경력>
대구 한의대학교 대학원 사회복지학 박사
충청복지재단 가정폭력상담사(현)
한국인성 교육협회 인성교육강사(현)
지역농산물 로컬푸드 교육강사(현)
대한창작문예대학 제8기 졸업

돌아온 사랑 / 임주영

잠 못 이루고 뒤척이던 밤
두 손으로 온몸을 끌어안고
사랑스럽게 어루만지며
깊은 황홀감에 빠져든다

"반응이 느려서 바꿔야겠어."
"얼마나 가겠어. 마음대로 해."
접시 깨지는 소리 같은
매몰차고 앙칼진 한마디 말

늘 함께하며
애틋하게 사랑했던 모습은
희미한 그림자조차 사라지고
미끈하게 날씬한 몸매가 좋다며 떠난다

계절이 지나고 나를 찾아온 사람
세월이 지나 변함없는 내 모습에
그때 붙잡았으면 가지 않았을 것이라고
말꼬리 흐리며 구애의 미소를 흘린다

가난 / 임주영

대청마루 오르기 무섭게
손에 물이 마르지 못하고
숨 가쁘게 움직이네

온 힘을 다하여
준비한 한가위 선물
꺼내보지 못하고 눈치만 보네

손 아랫동서
가득 채운 봉투에
넘치는 시어머니 사랑 서럽구나

보릿고개 숙이듯 숙연해진
내 사람만 채찍하고
가진 것이 없는 가난은 정말 싫구나

엄마는 포기해야 살 수 있었습니다 / 임주영

여린 몸짓으로
어린 피붙이들
생채기 나진 않을까
두려움에 몸을 사립니다.

곡기 한입 물지 못한 채
종종걸음치는 하루
휜 허리 등에 지고도
내 새끼 걱정뿐 입니다.

내 가슴 여물도록
정성껏 보살피고 사랑하며
애가 타도록 근심걱정
엄마는 포기해야 살 수 있었습니다.

여백이 있는 삶 / 임주영

당신을 사랑하기 전엔
하얀 백지 위에
편안한 쉼터에 기대어
침묵 속에 나를 묻고 가는
빈틈없는 삶의 길이었습니다

당신을 알고
텅 빈 곳을 꽉 채우는 듯하면서도
수많은 생각과 생각으로
갈등하고 후회를 하며
자신을 괴롭히는 삶이기도 했습니다

당신을 사랑하고 수많은 시간이 지나서야
조금은 모자란듯하지만
욕심을 털어버린 지금의 내 삶이
가장 편안하고 행복한 삶의 쉼터입니다.

번개 / 임주영

꽃비가 내리는 밤
칠흑 같은 어둠 사이로
섬광처럼 번개가 스친다

희미한 시간 속에
떨리는 심장을 누르며
봄으로 가는 길목에 서 있다

연초록 잎새 사이로
알록달록 고개 내민 꽃잎에
소녀의 눈빛 닮은
투명함으로 눈맞춤 한다

긴 시간 지나 꽃잎과 잎새
바람에 떨어져 홀로 남아도
사진첩에 담긴 그 어느 날의 기억은
어둠 속에서도 빛을 잃지 않는
오늘날의 추억으로 남아 있다

연분홍빛 사랑 / 임주영

연분홍 립스틱에
수줍은 미소 지으며
연둣빛 드레스로 꽃단장하고
여린 가슴을 달랜다

두 손 마주 잡은 사랑으로
가슴 떨리던 그 숨결에는
연분홍 꽃물이 들고
청초한 얼굴엔 웃음꽃이 피어난다

달래 냉이 씀바귀
친구들의 유혹도 뿌리치고
다져온 내 삶의 향기 속에는
진달래꽃 닮은 엄마라는
또 하나의 이름이 있다

보물섬 / 임주영

동해의 끝자락에
해 뜨기 전 하늘빛과
붉은 아침노을을
처음 맞이해 주는 보물섬

인적 없는 돌섬에서
봄을 알리는 땅 채송화
외로움에 지친 바다 갈매기
포근한 사랑으로 품에 안고

거센 비바람에도
산호초 텃밭 일구고
엄마 잃은 파랑돔 품에 안고
포근한 마음으로 감싸 주는
어머니 같은 이름 독도

시 한 편의 내 삶 / 임주영

희미해진 안경 너머
책장을 수십 번 넘기고
썼다 지우기를 반복
몇 날 며칠을 되풀이한다

아무 생각 없이
헌신짝 버리듯 외면하고픈 데
온몸이 미칠듯한 전율에
지속해서 끌어안는다

낭만도 없고
화려하거나 멋스럽지 않아도
특별한 매력을 지닌
그 모습에 반해 버렸다

반복적인 표현에
세련된 모습을 찾아가며
시 한 편에 내 삶을 걸어
함께 길을 걷는다

고향 충청도 / 임주영

내 고향 충청도
작은 시골 초등학교
비포장도로 위를 달리는 시내버스
산골 마을 아이들이
사금파리로 소꿉장난을 하고
엄마의 부름 소리가 정겹던 그곳

내 고향 충청도
싸리문 저만치에서
흙냄새 가득한 옷자락에
막걸리 한잔에 흥이 나서
콧노래를 부르며
어린 딸자식 품에 안았던
아버지 냄새가 좋았던 그곳

빛이 바랜 세월 속에
깔깔대는 오 남매 웃음소리
꽃피는 삼월이 오면
어머니 안에 사는 어린아이처럼
내 고향 충청도가 그리워진다

모정 / 임주영

맑은 하늘에 치솟는 듯
거칠고 까칠한 모습
냉정한 듯 차가운 모습이지만
꽃술이 꽃씨를 꼭 싸매고
가시 박힌 육신으로 사랑 꽃 피운다

모진 강추위에도
세찬 비바람에도
사계절 푸르름을 뽐내지만
시린 가슴 안고 지켜내며
귀한 소철꽃을 피우기 위해
온몸으로 감싸 안고 희망을 준다

시인 장금자

경기도 일산 거주
2017년 대한문학세계 시 부문 등단
현 (사)창작문학예술인협의회 회원
대한문인협회 경기지회 정회원
대한창작문예대학 제8기 졸업

<수상>
2017 신인문학상 수상
2017 대한문학세계 신작시 선정
2017 문학 어울림 동인 시집 출간(공저)
제8기 대한창작문예대학 졸업 작품 경연대회 장려상

바보의 사랑 / 장금자

바쁘게 살아온 삶을 되돌아본다
그 속에 바보인 나의 삶이 있다
세상 사람들의 눈에는 웃음이지만
내 가슴에는 아픔과 눈물이 멍울진다.

피에로처럼 해죽거리며 웃고 있어도
슬픔의 멍울을 차곡차곡 가슴에 쌓아가고
칠흑 같은 어둠이 오면 홀로 눈물짓는다

속이 없는 사람이 어디 있을까
생각이 없는 사람이 어디 있을까
늘 참고 살아온 삶에 후회는 없다

주름진 세월을 온몸으로 껴안고
최선을 다해 살아가는 바보 아닌 바보는
오늘도 어둠을 밝히는 촛불이 되어
힘든 세상 속에서 환하게 웃고 있나

그리움의 단상 / 장금자

봄날 따사로운 햇살 맞으며
길을 걷다 보니
어디선가 들려오는 풍경 소리에
불현듯 옛고향이 떠오른다

돌담에 기대어 올려다보는
파란 하늘에 붉어지는 눈시울
먼 산 그림자에 정지된 눈동자
아련한 추억이 조롱조롱 매달린다

하늘 소풍 가신 부모님 몇 해던가
조여오는 가슴을 부여잡고
목에게 불러보는 어머니

햇살을 아버지 품속처럼
포근하게 느끼고
대한 문학의 희망, 사랑은, 아파도
행복에 젖어 사르르 미소짓게 한다

인생살이 / 장금자

시계가 원을 그리며 돌아가듯이
내 인생의 삶도 다람쥐 쳇바퀴 돌듯
끊임없이 돌고 돈다

쉼 없이 살아온 많은 세월 속에서
굴곡진 삶의 사연들이 낯선 길 위에서
째깍째깍 오늘을 걷고 있다

만물이 소생하는 봄부터 겨울까지
희로애락을 담고
올곧게 살아왔다고 자부한다

언젠가는 떠나야 할 인생길
늘 그 자리에서 멈추지 않고
앞만 보고 달리는 벽시계처럼
한 점 부끄러움 없는 그런 삶을 살고 싶다

함께 하는 삶 / 장금자

봄바람 살랑살랑
귓불 간지럽히는 따스한 봄날에
꽃망울 활짝 피어 꽃향기 내뿜으며
어서 오라 손짓한다

혼자서는 살지 못하고
더불어 살아야 하는 인생살이
자연 섭리 속에서 삶을 배우며
동고동락한다

꽃비가 휘날리는 한적한 곳에서
진솔한 마음 나눌 벗과
따뜻한 커피 한잔을 마시며
고운 사연 한없이 나눈다

비비고 부대껴도 웃음을 잃지 않고
행복한 삶을 살아가고
가슴이 따뜻하고 아름다운 사랑으로
우리라는 울타리가 함께한다

태극기 휘날린다 / 장금자

저 먼 수평선 너머 일몰하고
일출에 눈꺼풀 비비는 초병들
애국심 고취한 눈동자는 빛이 난다

검푸른 물결 위를 나는 보라매
힘찬 날갯짓에 해무가 줄행랑 놓는
역사의 뒤안길에도 평화로운 섬

치욕스럽던 역사의 아픔을 품고
조상의 얼이 깃든 우리의 땅
백의민족 기상이 아닌가

천지개벽한들 어찌 너희 땅일까
야욕에 찬 왜 나라 남발하는 망언이
참으로 가당찮다

영원불멸할 우리의 영토
이 아름다운 강산을 지켜내며
나는 가고 없더라도
넌, 영원한 대한의 깃발이다

난 이렇게 / 장금자

하얀 목련같이
순수하게 수줍은 핑크빛
그대와 사랑 나누고 싶다

낮달 옆에 노란 개나리 별이 되어
그대의 빛이 돋보이게 분홍 신 신고
곱게 내리는 꽃비를 따라
언덕길을 맴돌고 싶다

따사한 봄날에
순수한 마음으로 다가가서
핑크빛 그대를 안고 바라보고
밀어를 속삭이며
사랑과 행복을 느끼고 싶다

나는 마술사 / 장금자

곱고 아름답게 치장한 얼굴들이
우러러보는 나는
멋을 담는 멋쟁이

소중한 사람
사랑하는 사람
좋아하는 사람들을
가슴에 차곡차곡 담는다

예쁘고 멋스런 모습의
순간순간을 기억하고
한장 한장의 추억을 그려내는
나는 천재 마술사다

이렇게 살고 싶다 / 장금자

삶의 고갯길과 굽잇길을 걸으며
올곧게 살아가려고 노력했지만
마음먹은 대로 되지는 않았다

희로애락과 산전수전 겪은 삶
귀밑머리에 하얗게 서리가 내리고
인생의 황혼녘에 뒤안길을 돌아본다

무수한 인연 속 더불어 사는 세상
우리가 서로 마음먹기에 따라
아름다움도 미움도 생겨난다

붉게 노을 진 인생의 끝자락에서
시기와 질투의 마음 버리고
사랑으로 손을 내밀어 주고 싶다

얼마 남지 않은 인생의 화첩에는
희망찬 우리 후손들을 위해서
정의와 순수, 사랑을 그리고 싶다

깨달음 / 장금자

누가 가슴 아픈 내 마음을 알까마는
일 년이 넘도록 바다를 그리워했다
바닷가 모래톱을 다정히 거닐며
못다 한 사연들 파도 소리에 실어
도란도란 정을 나누며 걷고 싶다

검푸른 바다와 넘실대는 파도 같은
거친 세상과 부딪치며 시인이 되었다
내 발걸음 디디는 곳마다 감동이며
눈맞춤 하는 곳마다 사랑이 샘솟아
황혼녘에 서서 스치는 느낌을 그린다

진실보다는 거짓이 많고
웃음보다는 울고 지냈던 날들
흑과 백을 가릴 수 없어도
세상을 살아갈 수 있다는 것을 일깨워
모든 것은 마음에 날렸다는 신리를 알았다

마음의 풍요 / 장금자

몰아치는 비바람 속 철쭉꽃이
서로 의지하며 부둥켜안고 있는 모습이
인간이나 자연이나 삶에 대한 의지가
경이로워 저절로 숙연해집니다

한 치 앞을 모르는 인생을 살면서
우리는 얼마나 많은 하루하루를
성공이라는 허상을 뜬구름 잡으려는 듯
풍요로운 삶을 지향했습니다

가난하여도 마음이 풍요로워야
행복하다는 평범한 삶의 진리를
등한시하며 살아온 빛 좋은 개살구 같은
인생의 뒤안길을 뒤돌아봅니다

물질적 가치에 연연하지 않고
정신적 가치를 추구하며 밝게 미소짓는
사랑이 가득한 내면의 풍요로움을
가슴에 품고 삶을 살아가고 싶습니다

시인
장병태

♣ 목차

경북 문경 출생
대전 서구 거주
대한문학세계 시 부문 등단
(사)창작문학예술인협의회 회원
대한문인협회 대전충청지회 정회원
대한문인협회 금주의 시 선정(2017.04)
대한문인협회 좋은 시 선정(2017.08)
2018 명인명시 특선시인선 선정
대한창작문예대학 제8기 졸업
<수상>
대한문학세계 신인문학상
대한문인협회 향토문학상(2017.12)
제8기 대한창작문예대학
        졸업 작품 경연대회 은상
2018년 문예창작지도자 자격 취득
<공저>
대한문인협회 대전충청지회
        동인문집 "삶이 담긴 뜨락"
2018 현대시를 대표하는
        "명인명시 특선시인선"

단역배우 / 장병태

영사기가 토해내는 흑백 영화 속의 나
천둥벌거숭이가 되어 뜬구름 잡으려
몸에 맞지 않는 그물을 던진다

나는 눈부신 신기루를 잡으려 했다

그물을 던지던 손에 굳은살만 박인
바람 같은 찰나의 세월
삼류 영화 속 단역배우가 된 나는
여전히 빈손이다

차가운 빛을 뿌리는 쇼윈도 안에
무표정하게 서 있는 나의 자화상
내 것이 아닌 옷을 빌려 입고
그렇게 빈손으로 서 있다

영화가 끝날 시간은 멀었건만
머물지 않을 헛바람 허파 속을 휘젓고 난 뒤
잠시 빌려 입은 껍데기가 벗겨지고
길잃은 나는 허망의 다리 위에 알몸으로 서 있다

허무 / 장병태

새벽빛이 들 즈음 전해지는 고향 소식에
긴 세월 쉼 없던 시곗바늘이 멈추었다

고향에는 진달래보다
붉은 상여 꽃이 먼저 피었다

한 영혼과 허망한 이별 하는 날
무덤가의 할미꽃
막걸리 한 사발에 넋을 잃었다

햇살이 전하는 따스한 미소도
꽃 같은 옛사랑도 일장춘몽이다

옅은 인연의 꽃잎이 하나씩 떨어지면
고향의 하늘이 점점 낯설어진다

그리움의 텃밭이던 내 고향은
하나둘 무대의 커튼이 내려지고
덧없는 세월 속에 이별의 통로가 되었다.

쉼 없는 경쟁 / 장병태

시계의 울림소리는 내 영혼을 깨워
쉼 없이 달리라는 무언의 압박 소리다.

충혈된 눈동자 토막잠이 깨기도 전에
삶의 코뚜레를 꿰어 나를 끌어당긴다

귓속을 파고드는 시곗바늘 소리
오늘도 족쇄처럼 매달려 째깍째깍
매 순간 경쟁을 부추긴다.

앞서 달리는 초침은 뒤처지지 않으려 헉헉대고
그림자 같은 분침은 나를 앞지르려 숨차게 뛴다.

시침은 매시간 나를 평가하기 바쁘다.

단 하루도 쉼이 없는 쳇바퀴 인생
그 굴레를 벗어나지 못하고 달리는
발바닥은 언제나 숨이 차다.

2인 삼각 달리기 / 장병태

화첩에 봄을 입혀 꽃 나비 부르니
무심사 무지개마을 운동회가 시작된다

수행의 출발선에 든 천진난만 동자승
시원한 바람과 한 몸이 되어
보폭을 함께하는 큰스님 허리춤에 매달린다

출발신호에 해찰 피던 장난꾸러기 악동 스님
사천왕의 근엄한 눈길에 딴청을 피우고
해맑은 얼굴 배시시 웃음 지으며
고사리손 더듬어 큰스님 발목을 끌어안는다

힘내라 힘!

연리지 목 초록 이파리 만국기 되어 펄럭이고
이름 모를 들풀 뜀박질에 응원 소리 드높다
뛰다가 걷다가 님어져도 함께라서 좋은 길
발목을 결박한 인연 줄에 사랑의 꽃이 핀다

독도 지킴이 / 장병태

고독과 적막감이 동해의 끝에 서 있다
살을 가르는 설풍을 이겨내며 영토를 지켜온
등대의 눈동자에 굳은살이 배겼다

쉼 없이 날아드는 검은 파도의 돌팔매질로
상처 입은 독도엔 딱딱한 옹이가 뿌리를 내리고
200리 바닷길 노를 저어 시집온 제비꽃이
불러주는 홀로 아리랑 노랫소리가 애잔하다

파도가 삼켜버린 강치의 영혼을 달래며
붉게 물든 핏빛 걷어 올리는 동해의 일출에
허리 굽은 새우가 기지개를 켠다
또다시 강건한 독도의 하루가 시작된다

하얀 바다를 노리는 검은 약탈자의 끝없는 도발
바다 거북이와 괭이갈매기 애국의 심성으로
동도와 서도를 돌며 영토를 수호하는 초병이 되어
곧고 굳은 의지로 독도를 지키고 있다

임의 향기 / 장병태

봄이 함빡 터질 듯 열려 하늘에 머물 때
낯선 바람 불쑥 찾아와 입맞춤해도 싫지 않은 날
길 잃은 바람 슬그머니 품에 안기어
붉게 물든 치마폭에 다소곳이 얼굴을 묻는다

산골짝 도랑물 소리에 귀 기울이며
봄을 한 아름 안고 찾아온 진달래는
무명산 바위 끝에 맴돌던 바람의 포로가 되어
애틋한 짧은 생을 활활 태우고 있다

겨우내 쇠 발톱에 찍힌 진달래 능선엔
두견새 애절한 사랑 고백에 몽환의 현기증이 일고
피멍 든 속살의 민망함에 고개 숙인 진달래
그 가슴 저린 꽃가지에 고운 향기가 피었다

햇살 녹아든 분홍빛 두견주 한 됫박 흘러
그물에 걸려 파닥거리는 성난 파도를 잠재우고
순정의 꽃으로 곱게 핀 임의 향기 따라
그리운 마음 초록의 터널 안으로 스며든다

외눈박이 사랑 / 장병태

반쪽의 눈꺼풀이 깜빡거리면
해를 품어 해맑은 당신의 미소가
과거로 가는 시간의 경계를 넘어와
흑백의 세상에 찰나의 빛이 된다

시간이 멈춰버린 블랙홀 문을 열어
얽히고설킨 모든 상념의 끈을 잘라 버리고
바람이 머무는 길목에서 외눈을 찰칵이며
하늘을 노니는 당신의 형상을 붙잡고 있다

흩어지는 기억의 저장 창고 안에서
꽃으로 피어난 당신을 불러
그대를 향한 진실한 눈으로
매 순간 함께하고픈 사랑을 담고 싶다

노을빛에 안구가 흐려지고
기억이 석고처럼 굳어진다 해도
영원토록 물빛 하늘과 눈부신 꽃잎으로
당신을 추억하고 싶은 마음속에
외눈박이의 사랑이 쌓여만 간다

그리운 당신 / 장병태

백 년의 고택을 수선하던 목수의 손이
산을 오르듯 거친 숨이 차오르는 날
손바닥 빨간 코팅 장갑은 톱과 망치를 내려놓고
끝이 섬세한 연필을 잡는다

봄바람 타고 꽃비 내리는
눈부시게 아름다운 풍경화 속에
가슴이 그리워하는 모든 것을 담아
붉은 석류의 속을 채우듯 고향 집을 짓는다

푸른 바다를 닮은 고향 하늘엔
예고 없는 감기처럼 사무친 그리움이 불쑥 찾아들 때
언제든 당신의 포근한 가슴에 깊숙이 안기어
자애로운 어미의 미소와 끝없는 사랑을
추억 할 수 있는 여백을 남긴다

실종 전단지 / 장병태

5월의 햇살 아래 연둣빛 새싹들이 모여
순풍에 꼼지락거리며 재롱을 피울 때면
어미 가슴 한가운데 흐르는 한 서린 눈물
빛바랜 전단지를 차갑게 적신다

천사의 눈동자 자욱한 안개 속으로 사라지던 날
피맺힌 전단지는 팔도의 바람결에 흩어지고
넋을 잃어 골목길 헤매는 전봇대의 가슴에
평생 빠지지 않을 대못이 박혔다

절망 속에 가슴을 쳐도 숨을 쉴 수 없는
어미를 대신하여 애타게 너를 찾아 헤매다가
소슬바람의 채찍에 이끌려 습관처럼 날리는 전단지는
손끝에 힘이 바짝 마른 채 메마른 강을 건너고 있다

연어의 꿈 / 장병태

서슬 퍼런 소한에 얼어버린 강가에서
헐떡이는 연어의 절박한 심장 소리가 들린다
굽은 등뼈에는 한 움큼의 거친 숨이 쌓이고
찢어진 비늘에서 비릿한 가난의 냄새가 풍긴다

새벽 물안개에 가려진 강바닥의 굴레에서
입에 걸린 그물의 고리를 끊어내려 몸부림치며
날카로운 바늘 조각과 수초에 베이고 찍혀
터져버린 아가미로 또 하루를 호흡한다

냉기 가득한 수온이 허기진 몸을 조여오면
연어는 아침 햇살을 타고 강물에 내려앉은
파란 하늘의 품에 안기어 지그시 눈을 감고
하늘빛의 오대양을 가르는 내일을 꿈꾼다

탁한 강물 속에서 어제와 같은 오늘도
바다로 나아가 황금물고기가 될 내일을 향해
연어는 있는 힘껏 지느러미를 흔들며
거센 강줄기 끝에 전해지는 바다 향을 맡는다

♣ 목차

시인
정명화

서울 거주

대한문학세계 시 부문 등단

(사)창작문학예술인협의회 회원

대한문인협회 서울지회 정회원

대한창작문예대학 제8기 졸업

제8기 대한창작문예대학 졸업 작품 경연대회 장려상

삶이란 길을 걷는 거 / 정명화

세월의 시간 속에서
힘없이 살아가는 것보다
뿌리 깊은 나무로 곧게 살아가고

작은 우물이 있어 물을 마시듯
목마름 없이 순조로운 삶으로
겸허하게 살고 싶은지도 모른다

인생이란 씨앗에 싹을 틔워
꽃을 피우고 열매를 맺듯이
삶의 지혜로 자연과 공존하며
스스로 자화상을 만들어 가는 거

내 몫으로 주어진 소중한 삶을
옹골차고 겸손하게 살면서
인생의 비밀번호를 찾듯이
나침판을 돌려 길을 걷는다.

삶의 톱니바퀴 / 정명화

지나간 시간은 전설이 되어
아름다운 추억으로 변하고
시계는 멈추지 않는다.

하루를 살더라도
초연함을 잃지 않으며
최선을 다해 가치 있는 삶으로
인생의 연결된 고리를 만들어 가고

희로애락을 겪으며
멈출 수 없는 시간
과거와 현재가 공존하는
시간의 가치

삶의 톱니바퀴가 맞물려
자유로운 시간 속에서
사랑하는 사람들과 함께하면서
인생의 태엽을 감아 놓는다.

너랑 황혼빛을 보고 싶다 / 정명화

서로 채워져 있는 마음
조금씩 꺼내 주면서
너와 내가 걸어가는 인생길이
풍요로운 연둣빛이면 더 아름답겠다.

바람이 일고 햇살이 비추듯
눈 맞추고 빈 가슴 채워
따뜻한 세상과 공존하며
행복으로 빚어가는 인생의 길동무

지치지 않게 힘든 짐
서로 나누어지고 정답게
아름다운 모습 외롭지 않게
손잡고 다정히 걸어가는 길

사랑과 애정의 물을 주며
선물 같은 나날을 소중하게
따뜻한 가슴으로 끝까지 걷고 싶은 길
먼 훗날 너랑 황혼빛을 보고 싶다.

새들의 낙원 독도 / 정명화

푸른 물결이 넘실거리는 동해
수천 년 동안 바다를 끌어안은
아름다운 우리들의 섬

천연기념물 새들의 낙원
괭이갈매기와 바다제비가
바위섬에 알을 품고
새들의 울음소리가 아침을 깨운다.

연한 자줏빛 꽃봉오리 섬초롱과
참나리꽃이 고운 자태로 군락을 이루고
바람과 햇살이 어우러져
자연생태계가 살아 숨 쉬는
푸른 바다의 신비로운 바위섬이여

수천 년 역사 속에서
한반도 민족의 혼을 품고 있는
우리의 소중한 섬 독도
뜨거운 가슴으로 사랑하리라.

봄의 여신 / 정명화

꽃샘추위에 꽃망울 터뜨려
온 천지가 분홍빛으로
곱게 물들어 있을 때

꽃구름 두둥실 띄우고
금빛 햇살 뿌려
봄의 싱그러움을 알려주네

분홍빛 참꽃 수술
여인의 진한 속눈썹 닮은 듯
우아한 자태 눈부시게 아름다워라

봄의 여신 진달래꽃
꽃향기 찾는 나비 초대해
살포시 꽃가마 태워주네.

추억 상자 / 정명화

햇살이 눈부시게 좋은 날
꽃향기 바람에 술렁이는
봄날의 대화가 아름다워요

추운 겨울을 이겨내고
희망으로 핀 봄꽃들과
환한 눈 맞춤하고
사랑과 추억을 담으러 떠나요

보송보송 솜털 자랑하며
우아한 자태로 오롯이 피어있는
보랏빛 엉겅퀴꽃에 마음 빼앗긴 나는
초점을 맞추고 셔터를 눌러요

사랑이 아름답게 핀 들녘
나만의 개성으로 담은 삶의 모습은
세월 흐른 먼 훗날에도
멋진 추억으로 남아 있겠지요.

비워 둔 의자 하나 / 정명화

우리 동네 작은 공간에
초목을 심어 가꾸었더니
봄이 오고 꽃이 피었어요

사람과 사람 사이
여유와 정이 흐르고
따뜻한 온기가 있어 포근하지요

나만의 틈을 만들어
지치지 않고 활력 있게
삶의 여유를 느낄 수 있는 쉼터

잠시 쉬어갈 수 있게
정겨움과 넉넉함으로
소박하게 의자 하나 비워놨어요.

사랑합니다. 엄마 / 정명화

새벽 달빛이 감꽃에 걸려
동틀 녘은 아직 멀었는데
어머님은 버선을 신으신다.

종갓집 맏며느리로 사시면서
힘드셔도 내색조차 없으시고
조용한 성품과 온화한 모습으로
종부 역할을 묵묵히 해오신 어머니

객지에 나가 공부하는 자식들
뒷바라지에 허리는 휘고
모시 적삼은 땀으로 젖어
사랑을 베풀고 사신 어머님

삶의 희망을 품고 살 거라
어제에 머물지 말고 살 거라
선하고 따뜻한 눈빛으로 살 거라
하시던 어머니

뼈 마디마디는 진이 빠지고
곱던 얼굴은 윤기를 잃어
엄마의 황혼빛이 서서히 희미해지니
자식들 가슴은 서럽게 울고 있다.

마음의 언어 / 정명화

가늘디가는 실오라기에
달랑거리는 단추 하나가 매달려 있듯이
부족한 마음도 간당간당 지탱하고 있다.

작은 가슴은
한 치 앞을 볼 수 없듯이
뿌연 안개로 자욱하고

가슴속에서 시어들이
조금만 꺼내 다듬어 달라고
성가시게 보채고 투덜거린다.

작은 바람만 쐬어도 금방이라도
부서져 버릴 것 같은 절박한 시어들
마음의 빚에 쪼들려
옴짝달싹도 할 수 없을 정도로
텅 빈 가슴만 보듬고 있다.

마음의 창고 / 정명화

마음 밭에 온전한 걸 심어
소박하고 행복한 삶을 꿈꾸며
이성적인 사람이 되기를 바라고
이해와 갈등 속에 살고 있다.

때로는 뜨거운 가슴으로
때로는 차가운 가슴으로
흐르는 눈물은 내려놓고
환한 얼굴로 미소 짓는다.

인격과 개성이 다르듯
긍정적인 말과 부정적인 말
상황에 따라 말하고 행동하는
낯설지 않은 사람의 본능

이기적이고 이타적인 색깔
모두 차곡차곡 보관해 두고
필요할 때마다 꺼내 쓰는 마음의 창고
저울추는 그때그때 조금씩 움직인다.

시인
조영애

충남 공주 출생
아호 : 정담 (情談)
2017 대한문학세계 시 부문 등단
(사) 창작문학예술인협의회 회원
대한문인협회 대전충청지회 정회원
(시와 글) 텃밭 문학회 정회원
<경력>
2018 대한문인협회 금주의 시 선정
2018 정경관의 추억의 음악다방
          "하얀 사랑" 시 라디오에 방송
대한창작문예대학 제8기 졸업
2018 제8기 대한창작문예대학
          졸업 작품 경연대회 대상
2018년 문예창작지도자 자격 취득
<공저>
시연 문학집 "봄호"
문학을 꿈꾸는 다락방 "외출"
문학 어울림 "어울림"

자라는 나무 / 조영애

척박한 곳에 뿌리내려
가파른 삶의 무게를 버텨내는
키 작은 나무 한 그루가 있다

변함없는 푸르름에
비바람에도 굴하지 않고
무던히 자리를 지켜온 너였다

엉성한 빈 껍질 속 나이테에
한 해마다 옹골찬 삶이 쌓이듯
지나온 내 생의 길목에
검은 머리 틈새 흰 가닥처럼
어우러져 스며든다

그 순간순간 나만의 빛과 향기로
깊이 있는 삶을 그려내고
나무처럼 그윽이 하늘을 향해 우러르며
잎이 무성한 꽃으로 피어난다.

그리움은 별빛 되어 / 조영애

아스라이 간직한 그리운 추억은
돌담 사이로 드리워진 한 줄기 빛
옛동무들 초롱한 눈망울이 밀려온다

솔솔 아지랑이 피어나면 바구니 끼고
나물 캐기 나들이에 절로 흥이나니
저녁 밥상은 봄 향기로 가득 넘쳤다

햇살은 길어 해바라기 웃음 짓고
신이 난 버들피리에 시간을 묶어
시냇가 그물 놀이는 마냥 재미났다

나뒹구는 도토리에 날다람쥐 되어
고향이 전해주는 온정 가득 담아
추운 겨울날 마음 넉넉하게 따뜻했다

뒷동산 그루터기에 얹혀있는
맑고 순수했던 어린 날의 꿈은
어쩌면 밤하늘 반짝이는 별빛 되었나
지금쯤 먼 곳 친구들도 보고 있겠지.

아버지의 시계 / 조영애

적막이 감도는 병실은
무언의 고통 속 흐린 초침 소리로
까맣게 얼룩 드리운 겨울날이다

온 힘을 다한 앙상한 몸
저물어 가는 세상을 응시한 채
하염없는 시린 밤이 내려와 앉았다

정적 사이로 오고 가는 건
아버지의 손목시계만이
속절없이 째깍째깍 내뱉는다

밤빛은 저리도 반짝이는데
야속하고도 허전함은 가눌 수 없고
맥없는 허탈함이 가득하다

희뿌연 눈바람이 엄습하는 순간
점점 차가워진 몸으로
가족을 향해 고개 떨군 채
아주 천천히 두 눈은 감겼다

도려내는 시린 가슴에
쉴 줄 모르는 시계 소리는
아스라이 멀어져만 가는
아버지 심장 소리의 엇박자였음이다.

같은 곳을 바라보며 / 조영애

먼 산 나란히 오르는 두 사람
걸음마다 자연과 호흡하고
땀방울 바람에 식혀주니
두 송이 꽃이 걸어가는 듯합니다

곳곳에 야생초 파릇한 이끼 덮고
흙내음 풍기며 빼꼼히 맞이해주니
신비한 생명력에 가던 발걸음
한참 멈추어 서성이게 합니다

험한 비탈길에 버팀목 되고
한마음으로 잇대어 손잡으니
갈 길이 아무리 멀어도
높은 산이 눈 앞에 펼쳐집니다

다다른 정상 함께 내려다보며
지난날의 서운했던 아쉬움은
메아리에 다 날려 보내고
편안한 마음마저 닮았으면 합니다

은빛 머릿결에 주름살 늘어도
말간 시선으로 바라봐주고
걷다가 정 힘들면 그늘에 쉬어가며
함께 손잡고 걸어갔으면 합니다.

우기지 마라 / 조영애

탐욕은 먼 허공을 향한 헛기침

독도를 네 땅이라고 우기는 데는
또 다른 꿍꿍이가 있겠지?

김치를 기무치라 한들
우리의 손맛을 따를 수 있겠니?

풀 한 포기 돌멩이 하나에도
우리의 얼이 살아 숨 쉬며
대장군처럼 당당하게 지켜왔다.

바다의 파도 소리보다 못한 너희는
쓸데없는 말만 하는 말재기라는 사실을
괭이갈매기도 알고 있다.

오랜 세월 지켜온 장엄함은
심연의 바닥까지 뿌리를 내려
해국꽃 활기차게 피어나 방긋 웃는다.

그리움 동동 / 조영애

내 고향 마을 산자락에
봄이 서곡을 알리면
가녀린 그리움이 동동 서성인다

사랑이 물오른 산길마다
수줍어 얼굴 붉힌 아씨처럼
다소곳한 연분홍 입술이 애달프다

해묵은 어스름한 그림자가
하늘을 이고 구름에 수놓아
추억이 서린 치맛자락 휘날리고

무리 지어 여민 그리움
다가가듯 가지 끝에 꽃을 피워
설레는 마음 연붉은 사랑으로 흐른다

먼발지에서 산을 보아도
연분홍빛 사연 무리 보일진대
그대는 어느 산골짜기에서 길을 잃었나

아름다운 순간 / 조영애

케케묵은 먼지를 털어내고
이리저리 조리개를 돌리며
가는 숨 가다듬고 멈추어
호기심 가득 셔터를 누른다

개나리꽃보다 예쁜 귀염둥이
병아리처럼 아장아장 걷다가
엄마의 손뼉 치는 소리에 놀라
울음을 터뜨릴 때, 찰칵, 찰칵,

내게 선물처럼 다가온 너
심장 박동 같은 벅찬 설렘을 안고
아름답고 정겨운 풍경 마음에 담으려
차표 한 장 끊어 열차에 몸을 실었다

나눔의 삶 / 조영애

봄 향기에 이끌려 들어선 서재
빼곡한 책장 한편에 있는
꽃 하나가 나를 반기고

창가에 고개 들이민 햇살
온화한 미소를 띠며
따사롭고 포근하게 안겨 온다

지혜로운 간접경험을 통해
텅 빈 마음을 오롯이 채우고
넉넉해진 여운이 참 좋다

커피 향과 즐기는 책 속의 향연
고요 속에 책 넘기는 소리만이
나의 일탈을 차분히 잠재운다

햇살과 꽃이 내 주위를
반겨주고 안아주듯이
보이지 않는 향기까지도 내어주며
더불어서 여백의 미로 살아가고 싶다

달팽이 / 조영애

상추를 씻다가 우연한 만남

힘겨운 무게 하나 꾸리고
기우뚱기우뚱 그 모습이
쉼 없는 하루를 이어가는
우리 삶의 진 모습이다

유유히 흐르는 강물처럼
꾸준한 너의 발걸음은
그 나름의 의미에
느리다고 등 떠밀리지 않기를

연약해 보이지만
단단한 열정에 곧은 심지
더듬이로 너른 세상 방향을 보며
오늘도 등짐 지고 제 갈 길 간다.

이팝나무에 스민 기억 / 조영애

거센 폭풍에 수마가 삼켜
걸어 둔 희망 무겁게 짓눌리고
누렁이와 이별을 맞은 심정은
희미한 별빛처럼 크나큰 아픔이었다

오월에 이팝나무 앞을 지나려니
그때의 귀한 쌀을 보는 듯
솔솔 포만감으로 안겨 온다

솜사탕처럼 떨어지는 꽃잎에서
누렁이의 왕방울 눈빛이 그려지니
허기지고 어두웠던 기억이 포개진다

발등에 떨어진 삶 앞에
담은 모질게도 높았지만
긴 세월 지나 허허로움은 채워지고
워낭소리 마음속에 감돈다

♣ 목차

시인
조혜숙

충남 예산군 거주

2017년 대한문학세계 시 부문 등단

(사)창작문학예술인협의회 회원

(현)치매전문 인지교육 지도자

(현)생활체육 사교댄스 지도 강사

대한창작문예대학 제8기 졸업

제8기 대한창작문예대학 졸업 작품 경연대회 은상

산골 노부부 / 조혜숙

허리 굽은 염소 부부가
도란도란 이야기꽃 피우면
잠들었던 개구리도 깨어 손뼉을 쳐준다

한때는 눈보라 속에서 시린 손발로
구운 고구마가 배고파 칭얼대던 자식들의
배 채우는 흰쌀밥을 대신했었다

뼛속까지 아렸던 험난한 시간
돌고 돌아서 정착한 마음의 고향엔
산새들이 반기고 바람이 마음을 씻어준다

인생의 계절 끄트머리에
주름졌던 마음 다림질하며
초막에 내려앉는 햇살이 그저 감사하다

멈춘 당신의 기억 / 조혜숙

밤하늘에 나침반처럼 별자리가 돼 준 당신
어두운 세상길에 별처럼 밝혀주던 아름다운 당신
지금은 빛을 잃은 별똥별처럼 스러져갑니다

수절 과부 치마폭에 어린 자식들 칭얼댈 때
피눈물 꾹꾹 참고 속울음 씹으며
거친 손으로 다섯 자식을 품었습니다

그러나, 지금은
소중했던 기억들을 은하수에 띄우고
자식도 못 알아보는 어린아이가 되었습니다

짐승의 탈을 쓰지 말고 세상의 빛으로 살라며
밤하늘에 등대처럼 반짝이는 별인 당신의 모습에
다섯 자식이 피눈물을 흘리며 꺼이꺼이 웁니다

행복한 마음의 길 / 조혜숙

산새들의 아름다운 노랫소리에
기지개를 켜며 아침을 맞는다
생채기 난 마음 정이 그리운 곳으로
발걸음 재촉하며 달려가는 마음에
무지개 꽃은 알록달록 피어난다

유리창 넘어 내 그림자 서성이면
그리움과 기다림의 눈망울들
꽃보다 환한 미소로 나를 반겨준다

손끝에 쥐여준 색연필 한 자루
하얀 종이에 비틀비틀 흔들리며 피는
눈물 꽃은 보석보다도 아름답고
생채기 난 마음 달래주는 약이 된다

한없이 쏟아 부어도 아깝지 않은 사랑
오늘도 손발같이 따뜻한 친구가 되어
손잡고 춤추며 행복한 오솔길을 걷는다

지켜야 할 내 혈육 / 조혜숙

깊고 깊은 해저의 탯줄에서
태어난 너
삶의 희생양이 되어
떨어져 살수밖에 없는
운명이었다

심장을 둘로 나눈 인연
떼어낼 수 없는 점 하나로
내 가슴에 떠 있는 섬은
너와 나의 뼈저린 아픔이다

너를 찾아 헤매던
발바닥은 갈라 터지고
바위 하나 눌러놓은 가슴은
피멍으로 얼룩진다

무심한 노을
머리끝에 하얀 물보라로 부서지고
애타는 그리움으로 서 있는 너는
세상이 사라져도
지켜야 할 내 혈육이다

희망의 불꽃 / 조혜숙

얼음꽃이 산비탈을
미끄러져 내릴 때
슬픈 넋의 핏방울은
핑크빛 희망으로
산자락에 피어오른다

세상사에 지친 몸
너의 연약한 꽃잎으로 안아주고
그늘에 숨은 나를 부른다

끈질긴 생명력으로
벼랑 끝에서 뿌리 내리고
눈부신 세상 속에
첫걸음을 딛는다

봄날에 피어나
희망을 꿈꾸게 하는 잠꽃처럼
어둠에 묻힌 마음을 밝혀주는
등불이고 싶다

소중한 보석상자 / 조혜숙

초롱초롱한 별들의
눈물과 희망을
볼록렌즈의 심장 속에 담았다

떼어 놓을 수밖에 없었던
어느 슬픈 모성애
바늘로 찔러대는 고통을
꾸역꾸역 삼키며
피 울음 토해내는
기도를 올렸으리라

어둠이 다가서는 줄도 모른 체
따뜻한 품속에 안긴
천사의 얼굴 쓰다듬으며
녹을 듯한 가슴앓이도
사랑의 몸짓이었나 보다

덧없는 세월이 흘러간 먼 훗날
카메라 가슴속에 고이 담긴
천사들의 아픈 진실이
보석으로 승화되어
웃음꽃을 피울 것이다

산야를 지키는 여인 / 조혜숙

숲과 숲 사이를 들락거리는
바람과 고요를 벗 삼아
충혈된 눈동자 깜박이며
어둠을 태우는 여인

허기진 삶의 언저리엔
부질없는 욕망과
물질의 허상을 좇아서
수없는 헛걸음에
좌절했던 날들의 고통을 지우고
산야를 다스리는 높은 철탑의
묵직한 여유를 배운다

이제는 듬성듬성한 머릿결에
하얀 바람이 살랑이고
마음속에 피어나는 황혼 꽃은
낮과 밤을 공존하며 공백으로
떠 있는 허공에 몸을 눕힌다

농부의 기도 / 조혜숙

송홧가루 연기처럼 춤을 추고
이름 모를 산새들의 노래와
연녹색 새싹들의 웃음과
풀꽃들의 향연은 허름한 초막에
설렘으로 다가선다

구름이 물을 만들어
데굴데굴 제주 넘으며
골짜기 도랑물과 정담 나눌 때
스르륵 스르륵 잘려나가는
잡초들의 울음소리 서글프다

밭갈이 힘에 겨워 바닥에 누워
실눈 틈으로 바라보는 하늘에는
하얀 도화지가 펼쳐지고
헤아릴 수 없는 꿈들이 그려진다

어디선가 날아오는 서늘한 바람 한 점
등에 맺힌 땀방울 훔쳐 달아나고
새 옷으로 갈아입은 밭 이랑은
희망의 씨앗을 품으며
농부의 간절한 기도 소리를 듣는다

눈보라 속의 인연 / 조혜숙

가슴까지 파고드는 칼바람과
눈보라가 휘몰아치던 어느 날
우리 인연은 시작되었다

따스한 고구마 통 앞에서
서로를 위로하고 갈라진 손등과
기워입은 옷자락엔 날개 잃은 서러움이
모락모락 김을 피우며 마르고 있었다

맛있게 익은 고구마 향기에
허기진 마음은 함빡 웃음꽃을 피우고
소녀의 맑은 눈망울에는
희망의 별이 반짝였다

빈곤한 마음을 사랑으로 다독이며
살아가던 어느 해 가을날
이별은 슬픔으로 다가왔고
가난 보따리를 채우지 못한 안타까움은
지금도 가슴 한켠을 적시고 있다

욕망의 늪 / 조혜숙

금 탯줄 목에 걸고
태양의 아들로 태어났다

구부러진 양심은
연약한 개미들을 짓밟고
욕망의 늪은 끝없이 깊어만 같다

껍질 속에 숨겨온 황금은 살이 찌고
제 살 썩는지도 모른 체
겉모습에 속아서 내면에 뿌리내린 괴물
눈이 멀어 보지 못했다

한 줌 재로 남을 인생
사람으로 살고 싶다

시인
최영호

하회 별신굿 탈놀이 이수자
사단법인 중요무형문화재69호
하회별신굿탈놀이 보존회 운영위원 역임
위성상회 대표
대한문학세계 시 부문 등단
대한문인협회 대구경북지회 정회원
(사)창작문학예술인협의회 회원
대한창작문예대학 제8기 졸업

<수상>
전국대학생 마당놀이 경연대회 장려상
한국탈춤단체총연합회 우수연희자 표창패
대학 안정화 공로상
상주경찰서장상
대한문인협회 좋은 시, 금주의 시, 낭송시 선정
대한문인협회 이달의 시인 선정
한국문학 올해의 작가 우수상(2017)
2018년 특별 초대 시인 작품 시화전 선정
제8기 대한창작문예대학 졸업 작품 경연대회 장려상
2018년 문예창작지도자 자격 취득

<저서>
제1시집 꽃뫼 / 제2시집 아름다운 사람들

겉과 속 / 최영호

탈을 쓰고 춤을 추며
우리는 울고 웃었다.

사람들은 위선의 가면을 쓰고
거짓을 말한다고 하지만
조상들의 천년 묵은 세월을 입고
진심으로 울고 웃는다.

속이 웃으면 겉도 웃고
오래될수록 점점
겉과 속이 하나가 된다.

소통의 문화장치 탈과 탈춤은
높고 낮은 계급을 버무린
맛있는 비빔밥 한 그릇과 같다.

오월의 속삭임 / 최영호

햇살 가득한 뜨락에
영롱한 아침이슬 맺힌
싱그러운 꽃송이가 피어나는
오월이 오면 나는
천둥벌거숭이처럼 가슴이 뛴다.

라일락 꽃향기가 날아와
잠자는 나를 깨우고
향긋한 바람이 스치면
달보드레한 젖 냄새가 난다.

개여울은 흘러 나를 적시고
푸른빛으로 무른 산야를 지나
굳건한 산맥은 우뚝 솟아올라
부드러운 미소를 지으며 서 있다.

먼 길 돌아와 내 곁에 앉아
나지막이 속삭이는 천국의 소리
그래도 사랑은 너뿐이라고
오월의 바람이 속삭인다.

천년 바위 / 최영호

바람이 불면 바람 앞에 몸을 세우고
소나기 내리면 영혼까지 흠뻑 젖어
눈발 흩날리면 학처럼 춤판을 날았다
밤이면 하얀 종이에 별을 수놓고
삶과 죽음의 고단함을 아름답게 노래했다.

피할 수도 도망갈 수도 없는 길을
아이처럼 순수한 사람들과 함께
마음의 등불로 꽃길 밝힌다
양반탈을 쓰고 춤추는 시인의 어깨에
바람이 스치면 비가 내리고 눈꽃이 핀다.

깊게 뿌리 뻗은 서낭당 나무 우뚝 선
든든한 고향 언덕에서 노래 부르고
열정으로 춤추며 땀의 진심을 표현한다
아픔도 슬픔도 호탕한 웃음으로 녹이는
큰 부채 펼친 시인의 하루가 저문다.

북소리 멈춰버린 무덤 앞에
홀로 선 천년 바위에 새길 시를 엮어
우주 끝 모퉁이를 돌고 돌아
향기로운 도포자락 하늘거리며
세상에 기쁨을 주는 양반탈을 쓴 시인이다.

국화꽃 지던 날 / 최영호

사과꽃 피는 산야를 함께 뛰놀던
산짐승 같은 친구는 떠나고
텅 빈 하늘 아래 스산한 바람이 부는
껍데기뿐인 고향을 지킨다.

발동기가 가쁘게 숨 쉬던
쫄깃한 떡방앗간은 허물어지고
참새의 모꼬지 분주한 정미소엔
붉은 양철지붕 구멍 난 하늘만 공허하다.

피붙이들이 떠난 빈집뿐인 마을엔
공장의 굴뚝만 우뚝 솟아 있고
낯빛 검은 청년을 만난 중국산 마른 고추는
검붉게 다시 태어났다.

어린 시절 고향 떠난 친구는
매서운 된바람에 쓰러져
불맛을 본 후 황금색 가루가 되어
국화꽃 지던 날 오롯이 돌아왔다.

약속의 동반자 / 최영호

째깍째깍 밤새도록 방안 가득
천둥소리가 되어 날 선 신경과
심장을 두드리며 귓가를 맴돌다가
여명이 밝아 오면 붉은 옷을 입고
촐랑거리는 초침이 있다.

산뜻한 걸음걸이 날씬한 다리에
새침데기 아가씨를 닮은 분침은
늘 오분 일찍 맞추어져
나의 느긋함을 일깨워준다.

짧은 다리 느린 움직임의
귀족 같은 듬직한 시침에게
두시 상설공연 시간이 다가올수록
나는 초조한 마음에 자꾸만
너에게 눈을 맞춘다.

서로서로가 함께 한마음으로 재촉하는
벽시계를 보고 긴장하며 살고 싶지 않지만
무대 위 공연을 설렘으로 기다리는 것이 좋아
삶의 마침표 찍을 때까지 함께 하고 싶다.

행자와 관세음보살 / 최영호

낯빛이 붉은 사내가 먹물 옷을 입고
참다운 나를 찾아 마음의 길을 간다.

보리수 아래 깨달음의 시간은 흐르고
순간을 바라는 마음으로 앉아
밤새워 집착을 내려놓았다.

영롱한 아침이슬이
햇살에 맑게 빛날 때
낮은 숨소리 거칠어지고 문득
그리운 그녀가 둥근 낮달이 되어 떠오른다.

그리움의 길을 따라 한참을 걸어가서
문 없는 문을 지나가면 빛은 사라지고
눈앞에 먹구름 일어나 천둥소리에 놀란
비에 젖은 여인이 아련하다.

풍경 소리에 놀란 마음이 천천히
편안한 얼굴이 되고 환하게 빛난다.

내려놓고 놓아 버린 낮은 자리엔
너도 없고 나도 없는 꽃동산이 되고
관세음보살 도반이 웃고 있다.

검은 바위섬의 슬픔 / 최영호

특이점에서 시작된 우주가 돌고 돌아
푸른 별이 토해낸 붉은 마그마가
칼날같이 우뚝 솟아 바다의 슬픔을 삼키고 있다.

동쪽의 돌 섬과 서쪽의 돌 섬으로
나뉘어 끝없이 부딪쳐 오는
단절 통의 아우성이 철썩 인다.

퍼렇게 멍든 아픔의 바다에
검은 바위가 하얀 숨을 쉬고
강치가 햇볕을 쬐던 돌섬이여!

굴곡진 세월을 지켜주지 못하고 사라진
아린 상처가 너울이 되어 멍울진
검은 바위섬은 속울음 울고 있다.

물돌이 마을 / 최영호

옛살비의 해찬솔 내음이
예스러운 집을 감싸 안고
은빛 가람은 굽이굽이 돌아
쪽빛 하늘 아래
윤슬 일렁이며 흘러간다.

늘솔길 지나 벗나무 오솔길 돌아
타박타박 다솜한 걸음에
빙그레 웃음 머금은
풋풋한 가시버시가 사랑옵다.

가을바람 부는 언덕 아래로
옹기종기 모인 살림집들이
배부른 저녁을 먹고
노을이 물든 마을에는
굴뚝에 하얀 구름 구순 하게 피어난다.

무명저고리 입은 두루미가
그린나래 펼쳐 날면
단단한 나락이 물결치는 누리에
빛나는 아침이슬이 함초롬하다.

*옛살비 : 고향 / *해찬솔 : 햇빛이 가득 찬 소나무 숲 / *가람 : 강
*늘솔길 : 언제나 솔바람이 부는 길 / *가시버시 : 부부
*사랑옵다 : 생김새가 귀엽다. / *구순 하게 : 사귀거나 지내는 데 사이가 좋아 화목하다.
*미리내 : 밤하늘의 은하수 별 무리 / *그린나래 : 그린 듯이 아름다운 날개
*함초롬하다 : 젖어 있는 모습이 가지런하고 차분하다.
*나락 : 민간신앙의 근본으로 항아리에 담아 신체로 모신다. 도정하지 않는 쌀

황금연못 / 최영호

환경의 하수인이 된 나는
운동화 끈을 바짝 당겨 매고
무겁고 먼지 쌓인 길을 달려왔다.

어깨를 누르는 책임감에 매달려
팽팽하게 당겨진 화살이 되어
주마등을 날아가고 잘려나간
손가락의 단절 통으로 남았다.

지치고 힘든 생의 고갯길을 돌아
황금연못가 노을이 물드는
윤슬을 굽어보며 거닐다가
주름진 아내의 손등에
살며시 입맞춤하고 싶다.

물질의 굴레를 벗어나
진실한 사랑에 의미를 두고
굴곡진 인생의 마침표를 찍는
삶의 여백을 그리고 싶다.

영원한 제국 / 최영호

네모난 시선은 소실점에 맞추고
제주도의 유채꽃밭에 삼각대를 펼쳐
신혼의 가시버시 싱그러운 미소와
입맞춤에 한쪽 눈을 살짝 감았다.

어깨를 누르는 환경의 무게에
각인된 기억이 흐릿하게 퇴색되어
휴대전화의 사진 기능에 일자리를 잃고
절름절름 삐걱거리는 다리를 접었다.

때로는 아이의 배냇짓 미소를 담고
신혼의 결투도 모르는 척 눈 감았지만
너무 많은 사실을 알고 있다는
죄목으로 결국엔 장롱 깊숙이
무기징역의 형을 선고받고 갇히고 말았다.

언젠가 삶의 마침표 찍을 때
죄를 사면받고 만인의 사랑을 받으며
그 옛날 박물관에 전시되어
영원한 제국의 주인공이 된다.

♣ 목차

시인
최우서

대구광역시 거주
2017 대한문학세계 시 부문 등단
현 (사)창작문학예술인협의회 회원
대한문인협회 대구경북지회 정회원
대한창작문예대학 제8기 졸업

<수상>
2017 대한문인협회 순 우리말 시 공모전 장려상
2017 대한문인협회 금주의 좋은 시 선정
2017 국민예술협회 미술전람회 시화 수상
2017 한국문학 올해의 시인상
2018 대한문인협회 금주의 시 선정
2018 명인명시 특선시인선 선정
제8기 대한창작문예대학 졸업 작품 경연대회 금상
2018년 문예창작지도자 자격 취득

봄의 문 / 최우서

어둠을 깨워 하루를 치장한다

떨칠 수 없는 것을 애써 밀치고
진실의 속을 다듬어
연둣물 들이는 봄 앞에
가뿐한 날갯짓의 문을 연다

하얗게 펼쳐진 때 늦은 폭설
계절을 잊고
풀어헤쳐진 내 마음
방향을 잃고 헤매인다

선한 날을 꿈꾸던 세월의 한 칸
나선이 되어 어지럽게 엉기고
풀지 못한 흐린 찌꺼기
집착이 되어 파고든다

산다는 것

가파른 허공을 오르다
낯선 틈에 끼어 참을 수 없이 아득해도
하루의 무게로 축축한 시간

버릴 수 없는 것의 밤을 누이고
새로 시작하는 나를 위해
들썩이는 파문이 몰려온다

꽃밥 한 그릇 / 최우서

봄바람이
낡은 테이프를 돌린다

초록을 키우던 기억의 자리에
잠자던 봄이 일어나

어둠이 건너간 아침
아이들 해맑은 웃음소리에
분주한 햇살 꽃빛 담그고

감나무 몇 바퀴 나이테를 돌려
선명한 가지에 노란 감똘개 별을 걸어 놓았다

어머니 녹슨 무쇠솥은 반들한 윤기 내어
한 끼 고슬한 쌀밥을 지으신다

꽃바람 날리던 날
모락모락 정을 쏟던 어머니의 꽃밥 한 그릇
유년을 돌아온 꽃나무 아래
하얀 꽃밥, 쌓인다

무탈 / 최우서

정해진 방향을 쫓아 내 맡겨진 일상이
시침을 따라 돌고 있다

일탈을 꿈꾸었지만
되돌아갈 수 없었고
정확히 한 칸을 넘는 분침의 손이 정교하다

끝없이 조립되는 반복의 공회전
한 번쯤 멈추고 싶었지만
잡은 손의 저림이 전해졌을 뿐
몸의 무게는 차갑고 무겁기만 하다

방향을 잃지 않으려는 일정한 간격은
밤과 낮의 경계를 예리하게 긋고 새벽에 꽂힌다

허공을 가르는 자명종 소리
침묵을 깨고 하루를 맞춘다

딸깍
인생의 초침이 넘어가고 있다

꽃과 나무 / 최우서

길을 걷는다

가시 박힌 낡은 집착은
허공에 전송하고
부서지는 햇살로 창을 닦아
너와 나의 길을 쓸어 놓는다

한 곳을 바라보며 걷는 길

때로 캄캄한 침묵의 터널을 지나
가슴 한쪽 눈먼 바람에
흔들리기도 하겠지만
단 한마디로도 충분했던
환한 기억 하나 떠올리겠다

눈감아도 서게 되는 그 길

나무가 되고 꽃이 되어
돌아오는 계절마다
믿음의 꽃을 피워
오랫동안
한걸음 한걸음 걸어가겠다

오늘도 그 길에

꽃잎이 분다

독도, 침묵을 노래하다 / 최우서

파도의 장단에 맞춰 괭이갈매기 노래할 때
바다 가운데 고고히 선 내 심장은 용솟음친다

심장에서 온몸으로 뿜어주는 피가
핏줄 구석구석 힘차게 흐르듯
까치놀 반짝, 하얗게 일어서는 파도

흐르는 질곡의 역사 속에서도
울음을 삼키며 묵묵히 지켜온 세월
온누리에 아름다운 꽃으로 피어
푸른 향기 가득 머금은 나

형제여,
언제나 당당하고 아름다운 나를 믿고
어깨를 열어 망망대해로 나아가
온누리에 내가 그대의 핏줄임을 알려라

세찬 바람과 모진 파도에도 당당한 나는
오랫동안 말없이 전하는 고요의 목소리로
아리랑을 부르며
내일을 향해 걸어가는 겨레를 위한 사랑으로
이른 새벽부터 새로운 태양을 맞이한다

마음이 쉬고 싶은 날에 / 최우서

이 땅 위에 모든 꽃이 피어
눈 맞춘 순간 봄이 되었다

흐드러지게 피었다 지는
저 꽃잎
내 마음속에 날아들어
한 줄 시로 다시 피어난다

사라진 것 뒤로 아릿하게
번져오는 빛깔
아름다운 느낌 하나
매달아 놓았다

도로 위에 늘어선 가로수
작은 움직임에도
연초록 생명의 손짓이 아름다운 건
말없이 품어 주는
하늘이 배경이기 때문이다

채우려는 노력에도
흔적 없이 비어있는 내 일기장
살짝 비껴간 자리에
여백이 살아나
삶을 돌아보게 한다

나비의 꿈 / 최우서

지난밤 뒤척이던 문장들이
한 줄로 일어서 박수를 친다

서둘러 카메라를 꺼내
화두에 초점을 맞춘다

찰칵, 수백만 화소의 점들이
마하의 속도로 달려나간다

내가 나비인가 나비가 나인가
손 뻗으면 잡힐 듯한 문장들이
감쪽같이 사라졌다

외눈에 덮인 뿌연 안개 사이로
한 번 더 줌을 당긴다

날카로운 포착 순간
반짝, 불덩이를 쏟는다

잠자던 단어에 역광을 비추고
한 장면 한 장면
흩어진 문장을 꿰맞춰
기록을 남긴다

외눈에 비친 그림자가 위태하다

오월의 소리를 듣다 / 최우서

푸른 마음 차곡히 담아
살며시 들어온 너를 보다

스며든 빗물 찰방찰방
오월의 초록 물결은
심장처럼 철렁이며
내게로 왔다

간절함 속에
새잎으로 일어나 그늘진 곳에
투명한 빛으로 다가온 너

눈부신 햇살에 녹아내린
아이들 천진난만한 웃음소리가
오늘
오월의 꿈밭에
초록으로 물들고 있다

봄, 날다 / 최우서

처마 끝, 아슬아슬 매달린 까만 봉지
바람의 인사가 반갑지 않다
앙다문 비닐의 입에서 군내가 났다
메어지도록 파릇한 밥 먹은 지 언제든가
하릴없이 헛배를 부풀린다
누런 이가 희어지도록 목 놓아 짖는다
온종일 철없는 햇살은 왜 이리 예쁜지
날자, 다시 날아보자
한껏 부픈 한낮이 아득히 멀어진다
가난한 봄이 졸고 있다

시간이 병아리를 만든다 / 최우서

며칠째 어미 닭 품에서
알들이 부화를 기다리고 있다

답답해, 이제 깨어나고 싶어요
삼칠일이 돼야 세상 밖으로 나올 수 있음을
알들은 알지 못한다

부화되지 못한 알을
주섬주섬 담아 집으로 오는 길
밥상에 오를 계란찜을 상상하며
차에서 내리는 순간,
손가락 사이로 빠져나가는
흐물한 액체가 바닥에 흥건하다

응급처치도 없이
휴지에 돌돌 말린 알의 최후
싱크대 위를 거치지 못하고
음식물 쓰레기로 버려진다

익지 않고 떨어진 풋과일 같은
조급함이여,
기다린다는 것은
숙성이 되어 가는 길이다

시인
최윤서

2017 대한문학세계 시 부문 등단
(사)창작문학예술인협의회 회원
대한문인협회 정회원
텃밭문학회 회원
2017 문학 어울림 동인 시집 출간

2017 대한문학세계 신인문학상 수상
대한창작문예대학 제8기 졸업
제8기 대한창작문예대학 졸업 작품 경연대회 동상
2018년 문예창작지도자 자격 취득

거꾸로 가는 시계 / 최윤서

포근한 보금자리를 찾아
거꾸로 가는 어머니의 시계

일분일초를 앞서는 고된 삶에서
편안한 과거로 여행을 떠난
노모의 순박한 미소가 평화롭다

조건 없는 사랑 받던 자식이
백 년만 함께 하자며
노모를 보듬는 행복을 어디에 비할까

부모와 자식의 하나 된 사랑 앞에
미래와 과거가 담긴 시계추 소리는
그칠 줄 모른다

어둠의 터널을 뚫다 / 최윤서

소리 없이 흐르는 세월처럼
말없이 새겨진 상처
휑한 바람에 가슴이 서늘하다

옛사랑 품어 떠난
등 돌린 지아비의 매정한 인연에
남은 처자식의 검푸른 멍에

붉은 태양을 닮은
꿈꾸는 아이의 열정이
세상을 비추려다 어둠에 묻힌다

생사를 넘나드는 고통과
가난의 굴레를 맴도는
5년의 길고 긴 시간

어둠의 터널을 지나
소소한 일상에 감사하고
삶의 순간순간이 행복하다

홀로 서는 영혼 / 최윤서

배신의 비애 속에 막을 내린 서글픈 인연
휑한 못 자국에 울음을 삼키는 심장이 시려 온다

감추려 해도 묻어나는 서러움이 사라지기를
상처로 끝난 인연은 잊고
다시 태어난 인생에 울리는 행복의 소나타

반쪽 날개 잃은 아린 가슴
시련이 준 성숙과 모든 순간의 소중함이
지천명이 된 인생길에 희망으로 다가온다

홀로서기 하는 발걸음
따뜻한 온기 품은 사랑 나누며
이해하고 배려하며 살자

가슴에 새긴 땅 / 최윤서

풀빛 도는 시냇가
너른 들녘 뛰노는 웃음소리와
순백의 세상에 새겨진 작은 발자국

할머니의 무한한 사랑과
아버지의 인자하신 미소가 그립고
어진 어머니의 정성이 배어있는 곳

재개발 택지로 조성되어
정을 나누던 사람들이 흩어지고
정든 집을 떠나는 발걸음이 무거웠다

거동조차 힘든 병환 중에도
허허벌판이 된 고향을 찾으시는
어머니의 애절한 그리움이 눈물겹다

가슴에 새겨진 추억으로 사시는
어머니의 인생 앞에
먹먹해지는 후회가 땅을 친다

이제라도 마음의 고향에서
편안하고 행복하시길 간절히 바란다

행복한 인연 / 최윤서

검은 장막을 거두려
새벽의 여명을 밝히는 외로움

순리대로 살며 내어준 가슴이
이별의 상처로 남아
추억을 안고 사는 당신과의 만남

사랑의 길을 걷는 꿈같은 날도
아픔의 길을 걷는 가슴 시린 날도
당신이 있기에 환희로 다가온다

우리 땅 독도 / 최윤서

비췻빛 너른 바다 위
깊은 바다에서 솟은 섬
홀로 당당히 선 모습이 자랑스럽다

동도와 서도, 한반도 바위와 독립문 바위
괭이갈매기와 삽살개 흑미와 백미
섬개불나무와 섬기린초, 백 년 사철나무

함부로 발 딛게 하지 않는 고고한 매력
땅채송화 핀 하늘길 따라 걷는 계단과
괭이갈매기가 노래하고 춤추는 땅

하늘과 바다가 한 빛인 세상
날짐승과 식물들의 평화로운 고향
예부터 자랑스러운 우리 땅 독도

임의 얼굴 / 최윤서

물안개 자욱한 호숫가에
핑크빛 물들인 미소

변치 말자며 약속한 사랑이
바람에 흔들리고 이슬방울에 젖는다

시든 꽃잎은 가슴앓이 되고
그리움에 지친 외로움이 된다

한 잎 한 잎에 새겨진 추억
새까만 밤을 하얗게 지새운다

자연을 담다 / 최윤서

달리는 차창 너머로
순간 포착에 열정을 품은 눈동자

초목의 싱그러운 산 내음과
은빛 물결 반짝이는 바닷가

우주의 섭리를 품은 경이로움에
시선이 머무른 행복

화사한 봄꽃의 향연처럼
곱디고운 마음에 웃음꽃이 피어난다

살아 숨 쉬는 아름다운 삶의 터전을
후손에게 물려주고 싶은 바람이다

향기 그윽한 삶을 음미하고
그림 같은 세상을 꿈꾸며 담는다

마음의 여백이 준 행복 / 최윤서

흘려서 보면 보이지 않고
유심히 보면 잘 보인다
마음의 밭이 넓은지 깊은지

녹음이 짙은 산과 초원도
빙산의 일각처럼 보이듯
마음으로 달리 보인다

이해하고 존중하는 맑은 눈이
여유롭고 흔들림 없이 볼 수 있고
혜안으로 밝히는 행복으로

비워둔 가슴이 품어주는
진한 사랑과 공감은
지친 삶에 꽃을 피운다

마음의 여백이
삶의 마디를 엮어가듯
성숙한 인생을 위한 기쁨이다

자연이 주는 선물 / 최윤서

솜털 구름 펼쳐진 하늘과
은빛 미소를 띤 바다
싱그러운 숲속의
여유로운 쉼터에서 마음도 쉬어간다

폭포 같은 눈물이 흐르고
수평선을 뒤흔드는 파도와
뿌리 깊은 나무가 바람에 뽑히는
심장이 사그라지는 순간도 마주한다

환상적인 아름다운 경치와
고통스러운 상처의 두려움이
한마음에 담겨
두 마음이 살아 숨을 쉰다

새들이 노래하고
수채화로 물든 풍경은
자연이 주는 선물로
행복에 겨운 아침을 열어간다

♣ 목차

시인
황유성

대한문학세계 시 부문 등단
(사)창작문학예술인협의회 회원
대한문인협회 홍보국장
한국가곡작사가협회 이사
한국음악저작권협회 회원
(주)유성 대표이사
대한창작문예대학 8기 졸업
<수상>
2016년 7월 금주의 시 선정
2016년 9월 순우리말 글짓기 공모전 동상
2016년 11월 2017 명인명시 특선시인선 선정
2016년 12월 대한문학세계 올해의 시인상
2017년 11월 2018 명인명시 특선시인선 선정
2017년 12월 한국문화 예술인 금상
2018년 2월 이달의 시인 선정
제8기 대한창작문예대학 졸업 작품 경연대회 장려상
2018년 문예창작지도자 자격 취득
<저서>
멀티 시집 "유성의 노래"
동인지 다수

첫 멀티 시집 '유성의 노래' 출간하며 / 황유성

푸르른 꿈 안고 긴 겨울 견뎌낸
낡은 초가에 봄바람 불어오고
제비 박씨 물고 와
눈물로 얼룩진 처마 아래 떨어뜨린다

거친 땅에서 박씨는 싹 틔우고 자라
하이얀 눈물꽃으로 피운다

멈출 줄 모르고 뻗어가는 열망의 줄기에
마침내 박이 열리고
고독과 눈물의 결정체인 보석들이
고운 목소리로 노래하며 세상 밖으로 나온다

형형색색 진줏빛이 먹구름 걷어내면
젖은 하늘 환하게 열리고
황금 박 출산한 초가에
'유성의 노래' 행복 미소로 울려 퍼진다

그리움 타고 흐르는 유성의 노래 / 황유성

새싹이 푸르게 자라
풍성한 열매 맺기를 손꼽아 기다리다
당신은 가을을 넘지 못하고
무지개다리를 건너셨습니다

세상을 비추는 빛이 되라 하시고
유성이라 이름 지으시며
당신이 내 마음 밭에 심어놓으신 꿈이
마침내 열매 맺어
당신의 체취가 배어있는 고향 앞에 섰습니다

호미로 일군 고향 집 앞마당 짚더미 속에서
버스럭거리는 추억의 언어를 꺼내어 곡을 붙이고
애절한 사랑을 노래합니다

아! 꿈에 그리던 당신
그칠 줄 모르는 사랑으로 내게 오셨습니다
아버지 아버지
가슴에 켜켜이 쌓인 그리움이 폭발하고
눈물이 강이 됩니다

길 잃고 방황할 때 나침반이 되고
힘들 때 기대어 쉴 수 있는 나무가 되겠다 하시고
이내 가슴으로 들어와 터를 잡는
아버지, 당신은 나의 고향입니다.

모래시계 / 황유성

너에게 일방적 사랑을 쏟아붓고
마지막 남은 정마저 다 내어줄 때
외로움이 몸부림치다 빈 가슴에 토해낸
그리움이 너를 부른다

가슴으로 부르는 사모곡이
무심한 너의 심장 돌려세우고
사랑은 다시 내게로 온다

가슴과 가슴을 맞대어
받은 만큼 돌려주며
세월이 흘러도 멈추지 않는 사랑으로
너와 나 영원히 함께하자.

독도의 절개 / 황유성

거센 외풍에 시달리며
몸과 마음이 상처투성이지만
오직 한 하늘만을 향해 펼치는
꼿꼿한 기개 눈이 부셔라.

아침에는 동녘에 불 밝혀 기상을 돕고
낮에는 진수성찬으로 원기를 돋우며
밤에는 어둠 속 등대의 한줄기 빛이 되는
임 향한 사랑 눈물겨워라.

온몸 다 사그라질 때까지
오직 한 하늘만을 섬기는
곧은 절개 꺾을 수 없을 것이니
너희는 나를 함부로 엿보지 마라!

두견화의 눈물 / 황유성

임이 꿈을 심어준 그 자리에서
꽃샘추위 꽃샘바람을 맞으며
서럽도록 붉게 물들어 가는 두견화야
치맛귀로 눈물 훔치는 너의 모습 처량하다

서산마루에 해가 뉘엿뉘엿 지면
어깨를 짓누르는 삶의 무게에 신음하다
홀연히 레테의 강을 건넌 한 맺힌 넋
뒷산 두견새가 되어 구슬피 운다

그리움에 기다리던 임의 목소리
비단 폭에 곱게 수를 놓고
창밖에 희미하게 날이 밝아오면
달의 등에 업혀 어디론가 떠난다

보이지 않고 들리지 않아도
봄의 화신(化身)인 너를
내가 늘 곁에서 지켜줄 테니
두견화야, 슬퍼 마라

사붓이 내린 참사랑 / 황유성

지난날,
뭇사람의 부러운 시선을 받았던 그대
지금은,
바람에 흔들리며 초라한 모습의 그대

욕심 덩이 잡고, 암 덩이도 잡고
신호 위반 단속으로 사고도 막고
올빼미처럼 도덕적 해이를 감시하는데
먹잇감 찾는 돈벌레라고 수군거립니다

사랑이라고 우기며 마음속에 담으면
뾰족한 창이 되어 상처를 주고
별이라고 고집하며 가슴에 품으면
외로움만 댕그라니 남습니다

그대의 까만 눈동자를 바라보면
사붓이 내린 참사랑이 보입니다
행복은 마음으로 느끼는 것이니
해먹 위에서 잠시 쉬었다 가세요

개미와 베짱이 / 황유성

점 하나 찍을 시간조차 움켜쥐고
먹이 찾아 앞만 보고 질주하다
행인의 발에 밟힌 개미에게서
회한의 비명 소리가 들린다

주변을 돌아볼 겨를도 없이
무엇을 얻기 위해
수만 번의 발을 옮겨야 했는가

개미는 개미다운 세상에서 살고
베짱이는 그만의 삶 속에서
치열한 노래를 부른다

한 치의 틈도 없는 회색의 숲에서는
풀 한 포기 자라지 못하지만
서로 다른 삶이 공존하기에
우리는 또 다른 세상을 꿈꾸며
잠시 고개 들어 하늘에 점 하나를 본다.

아름다운 사랑 / 황유성

그대를 사랑하게 되어
견딜 수 없을 만큼 아팠고
사랑은 비극으로 막을 내린다 하지만
우리는 사랑을 선택했습니다.

서로가 서로에게 충실하면
몽글몽글 사랑은 피어나고
못난 감정들은 곰삭을수록
행복으로 영글었습니다.

사소한 일에서 삶으로 이어지는
이야기보따리 서로에게 풀어놓으면
미움 아닌 정으로 가득 차
웃음꽃이 피어납니다.

내 말을 들어 줄 수도 있고
기대어 바라볼 수 있는
그대가 있어 행복합니다.

가난한 사랑 / 황유성

산소마저 부족한 잉여의 공간에서
사랑이 너무 무거우면 이별을 맞는다

맛이 강하지 않는 포도주가 최상급이듯
조금은 모자라는 듯한 사랑이 오래간다

사랑은 굶주림으로 죽는 것보다
과식으로 죽는 경우가 더 많다

집착 없는 초연함이 느껴지는 빈곤한 사랑은
요동치는 과거에서 안온한 현재로 인도한다

고통의 껍질을 하나씩 벗어던져
헐거워진 세월을 걸머지고 가는 나그네여
자신의 형편과 환경을 초월하고
유유히 고갯길 올라가는 뒷모습이 평화롭다

비록 가난한 사랑일지라도
인생 항로의 소실점에 다다를 때까지
묵묵히 주어진 길 걸어가다 보면
좋은 결실을 맺게 된다

선과 악 / 황유성

빛이 있으면 어둠이 있듯
선과 악은 늘 세상에 공존하며
끝없이 갈등을 부추기고
내면에서 죽는 날까지 전쟁을 한다

선과 악을 구분하는 기준은 무엇인가
자국에선 전쟁 영웅이 타국에선 원수인 것처럼
주어진 환경과 여건에 따라
선과 악은 상대적 양면성을 갖는다

코페르니쿠스의 생각과 조화로
모든 만물에 선입견을 배제하고
노력을 통해서 악도 선한 방향으로 바꾸고
공멸보다는 공생공존의 길을 걸어가고 싶다

빛과 어둠이 공존하는 인생사에서
불확실한 불운은 버리고
악의 세계에서도 미를 추출하여
G선상의 아리아를 연주하며
내일의 희망을 부르리라

詩 길을 가다

(사)창작문학예술인협의회 주관
대한창작문예대학 졸업 작품집

초판 1쇄 : 2018년 6월 16일

지 은 이 :

　　김국현 김금자 김영주 김재덕 김철수 문익호

　　박시순 백성섭 성경자 이고은 이창미 임주영

　　장금자 장병태 정명화 조영애 조혜숙 최영호

　　최우서 최윤서 황유성

엮 은 이 : 김락호

편집위원 : 박영애

디자인 편집 : 이은희

기 획 : 시음사

인 쇄 : 청룡

연 락 처 : 1899-1341

홈페이지 주소 : www.poemmusic.net

E-Mail : poemarts@hanmail.net

정가 : 15,000원

ISBN : 979-11-6284-022-1